千葉道場の鬼鉄

時雨橋あじさい亭1

森 真沙子

時代小説

二見時代小説文庫

目次

千葉道場の鬼鉄《おにてつ》——時雨《しぐれ》橋あじさい亭 1

第一話　雛《ひな》祭りの夜

一

坂の下にある煮売屋の暖簾《のれん》が割れ、中から女の顔がひょいとのぞいた。桃割れに結った小柄な娘で、黒目がちな目がしばらく空を眺めている。雲が低くたれこめ、灯を入れるにはまだ間のある時間だが、辺りにはすでに薄っすらと闇が漂っていた。

この小石川《こいしかわ》は江戸城の北辺に広がる台地で、山あり谷ありの起伏に富んだ町だった。高台には大名や旗本御家人《はたもとごけにん》の屋敷が建ち並び、坂下には町家が迫っていて、山手《やまのて》と下町が入り組んでいる。

「お菜《さい》……」

と中から父親の徳蔵《とくぞう》の声がした。

「まだ降ってないよ、お父っつあん」

娘は奥に向かって言い、胸の中で呟《つぶや》いた。

(雪なんて降るもんですか、明日はお雛様だもの)

明日は万延《まんえん》元年(一八六〇)三月三日、雛祭り。今夜はその宵節句である。

茶の間の茶箪笥《ちゃだんす》の上には、年代物の女雛《めびな》だけがポツンと飾られている。亡母の数少ない遺品の一つで、内裏《だいり》雛の片割れしかないのは、たぶん火事のどさくさで紛失したのだろう。

幼い頃からお菜は、この女雛を飾ってきたが、桃の節句に雪が降った記憶はない。むしろ女雛の髪飾りに春の陽が射しキラキラ煌《きら》めいて、幼心をときめかせた思い出ばかりだ。

ところが今年は、陰鬱《いんうつ》な春だった。

二月はひどく寒くて、節分からこのかた冷たい雨ばかり降っていた。三月になれば……と春を待ち続けていた。

だが暦《こよみ》がめくれ、もう早春とも言い難い季節になったのに、今日も寒気がひんやりと足元から上がってくる。

お菜は襟元《えりもと》をかき合わせ、店の前の枯れた紫陽花《あじさい》の茂みに目を移す。こんな年でも花は咲いてくれるかしら、と気を揉んだ。

この花は毎年、夕方の空を鏡に映したように深い藍《あい》から淡い青まで、色とりどりにこんもりと咲き揃うのだった。

こんなうらぶれた煮売屋が〝あじさい亭〟と美しく呼ばれるのは、ひとえにこの花のおかげである。坂を下りて来る人は、時雨橋《しぐればし》のたもとに咲くひとむらの紫陽花に心を奪われて、ついこの橋を渡ってしまうのだ。

ぼんやりそんなことを考えていると足音がして、誰かが小走りに橋を渡ってきた。

「ちきしょう、冷えるなあ」

と呟きながらそばをすり抜けて店に入ったのは、近くの畳職人の留吉《とめきち》である。狭い店内には、ゴボウを煮た甘辛い匂いが濃くたちこめていた。

「おっ、旨《うま》そうだ」

留吉は鼻をくんくんさせて言う。

「お菜ちゃん、そいつを二人前包んでくんねえ。それと親父《おや》っつあん、いつものやつを一杯……」

いつも総菜を買いに来て、立ったまま一杯引っかけて行く客である。旨そうに茶碗酒を一口呑むと、かれは主人の徳蔵に言った。

「しかしどうだねえ、今日のこの空模様は」

徳蔵は五十にしては白髪《しらが》の多いごま塩頭で、いつもずんぐりした背を丸め、せっせと総菜作りに打ち込んでいる。無愛想でどことなく気難しいが、天気を当てるのが得意だった。訊かれれば機嫌が良く、その顔を皺だらけに笑《え》み崩《くず》して口を開く。

今も開け放った出窓からチラと外を見て、言った。

「こううすら寒けりゃ、雪が降ってもおかしくねえ。ただ、降っても綿帽子みてえな牡丹雪《ぼたんゆき》だ、すぐ溶ける。あ、お菜、出窓の戸はちゃんと開いておきな」

半開きにした出窓に並ぶ皿には、まだ総菜が半分くらい残っている。いつも日没の少し前あたりが勝負だが、今日はどうかな、残るかなと徳蔵は思った。

一杯呑んで出て行く留吉と入れ違いに、馴染《なじ》みの若い衆が二人入ってきた。いずれも界隈《かいわい》のお店者《たなもの》である。

二人が、奥の一畳半の入れ込みに腰を下ろし呑み始めたところへ、見馴れぬ三人連れがどやどやと入ってきた。

三人とも三十前後のやくざふうで、顔色がどす黒く、目が赤く濁った男たちだ。すでに酒が入っているらしく、酒樽二つに渡した板に並んで陣取り、あたり構わぬ声で注文を始める。

だんだんと総菜を買いに来るおかみさんも増え、お菜は窓口でその応対に追われていた。

「ムスメ……おい……」

そんな声にハッとして振り向くと、三人が、顔を怒らせてこちらを見ている。

「聞こえねえか、さっきから呼んでるんでえ」

「すみません、あの……」

「酒だ、酒……。酌をしろや」

目が窪んで頬骨の出た男が、しゃがれ声で湯呑を突き出した。

「あ、親分さん、その子はまだねんねでして」

徳蔵が慌てたように、チロリを片手に飛んできた。

「チッ、気のきかねえ店だな。酒が空《から》になってるてえのに、ムスメを遊ばせておくんかい」

「ムスメ、お前いくつになる？」

男たちはしつこく絡んでくる。

「まだ十でして」

おどおどするお菜に代わって、徳蔵が答えた。

実は三つサバをよんでいて、本当は数えで十三になる。裏の流し場で洗い物をこなし、煮炊きも手伝った。最近は亡母に教わった煮豆作りも始め、それがなかなか旨いと評判になり、店を閉める夕刻までには売り切れるほどだ。

徳蔵は以前、天秤《てんびん》を担いで総菜を売っていたが、四十で女房を亡くしてから、この坂下の町の長屋の外れに、間口《まぐち》一間《けん》の店つきの家を借りたのである。

初めは長男が給仕を手伝っていたが、五年たった今年一月、巷《ちまた》に荒れまくっている〝尊王攘夷《そんのうじようい》〟の風に誘われるように、不意に出奔《しゆつぽん》してしまった。

代わってお菜が手伝うようになったが、あくまで出窓での総菜売りと、忙しい時のお運びだけに限っている。

この娘は、徳蔵の血を分けた子ではなかった。事情あって育てられなくなったお得意筋から、因果を含めて貰い受け、夫婦で育ててきた子なのである。

まだ外で総菜を売り歩いていた頃のことで、総菜屋にちなんで、名を〝菜〟とした。以来、実の娘と変わりなく暮らしている。

徳蔵はこの子を〝堅気《かたぎ》の娘〟として嫁に出したいと願い、裏方やお運びを手伝わせても、酒の給仕はやらせないつもりでいた。

そんな思いを踏みにじるように、三人は口々に喚《わめ》きたてる。

「十にもなりゃ酌ぐらい出来ようが」

「わいが仕込んでやらあ」

「よう、ムスメ、こっちに来なって」

そこへ徳蔵がまたペコペコして割って入り、

「少しぼんやりした子なんで、どうかご容赦《ようしゃ》を。……お菜、そろそろ提灯《ちょうちん》に火を入れておいで」

ごろつきどもを無視して、徳蔵はお菜を引き寄せる。

この娘はあまりハキハキしておらず、少しぼんやりしたところがあるのは確かだった。そういう性分なのであり、頭は決して悪くないことを、誰より徳蔵が知っていた。

「今日は日暮れが早いようで……」

などと言いながら客の湯呑に酒を注いだとたん、それははね飛ばされ音をたてて土間に転がった。

「爺さん、ジャマすんな。酒がまずくならぁ！」

その声に、先客の二人連れが青ざめて席を立つ。

二人は出口に向かい、その後に続いて店を出ようとしたお菜の背に、男の一人は茶碗を摑んで投げつけた。それは音をたてて転がった……はずだが、何かに吸い込まれたように何の音もしない。

「………」

皆はシンとして思わず視線を出口に向けた。

「おっと……」

という太い声がして、暖簾からのっそりと大男が現れた。

身の丈《たけ》はゆうに六尺以上はあるだろう、日焼けした顔に大きな目をぎょろつかせ、笑うでも怒るでもなくむっつりと店内を見回している。その図体のでかさに、皆は息を呑んだ。

素足に高下駄《たかげた》、腰には大小をさし、羽織袴を身につけてはいるが、袴に折り目はなく、丹念に繕《つくろ》ったあとさえ見えている。

羽織は借り物めいてツンツルテンで、その紐を胸高に結び、袖口から太い腕がニュッと出て、さながら雷神《らいじん》のようだ。

その大きな手に、先ほどの湯呑が握られていた。

「あっ、山岡《やまおか》様」

徳蔵が思わず言った。

「とんだご無礼を……」

と体を二つに折って頭を下げる。

「いや、剣呑《けんのん》剣呑。酒は静かに呑むもんだぞ」

山岡と呼ばれた男は、そう言いざま茶碗をその持ち主に放った。

だが男は受けとらずに身をかわしたから、茶碗は今度は音をたてて土間に転がった。

目の窪んだ男が、懐手《ふところで》をしてニヤニヤしている。笑うと前歯が一本欠けているのが見えた。

「お侍エさん、店をお間違えじゃございませんか」

とかれは言った。

「ここは二本差しのお方の来る所じゃねえんでさ」

たしかに〝あじさい亭〟の客はごく下層の者ばかりで、武士はまず来ない。武士が入ってくると他の客が出て行くので、店も喜ばない。

それはもう、誰が決めたわけでもない常識だったが、そんな常識などどこ吹く風と、この侍だけは平気で出入りしているのだった。

「そうかい」

と山岡は言った。

「しかし昼日中、いい年した男衆が、年端《としは》もゆかん小娘に当たり散らすのも、何かの間違えだろう。博打《ばくち》にでも負けて、よほど腹の虫が収まらんと見えるがな」

「おう、わいは江戸一番の鼻つまみ〝マムシの三吉《さんきち》〟よ」

図星だったのか、やおら三吉は立ち上がって言った。

「西から東までズイーッと、どこだって天下御免でえ」

「だろうさ。出もの腫《は》れ物、所選ばずだ」

「お武家さん、甘く見てるとケガしやすよ」

いきなりもろ肌を脱いだ。胸の辺りまで白いサラシを巻いており、龍の刺青《ほりもの》のある右手に匕首《あいくち》を握り、左の二の腕には二本線の入《い》れ墨《ずみ》が見えた。

「親分、よしなせえ」

割って入ろうとした徳蔵を邪険《じゃけん》に突き飛ばす。

それを見て、山岡はなだめるように言った。

「三吉とやら、こんな所で意気がってちゃ、腕の龍が泣くぞ。頭冷やして早く帰んな、今夜は雪になるぞ」

「ほざくな、サンピン！」

言いざま三吉は突きかかっていった。

山岡はとっさにその腕をつかむや、引きずって開け放した戸から外に飛び出していく。残りの二人もドドッ……と土間を蹴って後を追った。

茫然と成り行きを見ていたお菜は、泣きそうな顔でそばに立つ徳蔵を見上げ、徳蔵は大丈夫というように頷いて見せた。

その時、外で異様な声がした。

「どりゃアァアッ……！」

徳蔵とお菜は驚いて戸口に駆け寄り、暖簾から外をのぞいた。

店の前の空き地にいるのは、あの山岡という侍一人だ。腹をはたいて突っ立っている様は、まるで相撲を取り終えた力士のようだ。

空き地の外《はず》れにかかる時雨橋を、あの三吉がよろばいながら逃げていくのが見えた。

あとの二人の姿は、すでにない。

二

「……すげえや、さすが〝鬼鉄《おにてつ》〟だ」

物陰から見ていたらしい先客の二人がまた店に戻り、興奮したように言った。

あの侍は山岡鉄太郎《てつたろう》といい、千葉《ちば》道場では〝鬼鉄〟の異名《いみょう》があるのを、すでに皆は知っている。

「外に出たとたん、いきなりヤツを投げ飛ばしたんだからね」

「鬼鉄にケンカを売るたァ、三吉もいい度胸だ」

「マヌケな〝マムシの三吉〟、マが抜けりゃただの〝ムシ〟よ」

などと口々にまくしたてる。

だが当の山岡は店に戻って酒を所望《しょもう》し、たて続けに二、三杯あおるや、上がり框《かまち》にドタリと仰向けになった。

「おやじ、ちょっと寝かせてくれ。夜っぴての稽古で寝てねえんだ」

思うところあって、昨夜から明け方まで道場で剣を振り回し続け、一睡もせぬまま出仕したのだという。

「十数えたら起こしてくれ」

そう言いざま、鼾《いびき》をかいて眠ってしまったのだった。

(何て無茶な……)

お菜は呆れていた。この人のやることなすことに、いつも度肝を抜かれてしまう。大の字になって正体をなくした男の姿は、どこか野獣めいて見えた。

山岡鉄太郎は二十五歳。

れっきとした幕臣で、幕府の武術訓練所で、剣術指南の補佐をしている。自身の剣術修行の激しさは、お菜にも伝わってはいた。

山岡家は坂上の鷹匠町《たかじょうまち》にあり、その当主の〝変人〟ぶりは、出入りの掛取《かけとり》や丁稚《でっち》が言いふらすため、町内でも有名だった。また人も驚く酒豪で、相棒がいれば一斗は軽く空けるという噂だ。

だが十三歳の小娘には、変人どころか〝怪人〟である。

その父親は、浅草《あさくさ》の御蔵奉行《おくらぶぎょう》をつとめた六百石の旗本小野朝右衛門《おのちょうえもん》。かれは小野派一刀流の宗家《そうけ》でもあった。

その四男の鉄太郎が十歳の時に、父は郡代《ぐんだい》として飛驒高山《ひだたかやま》に着任し、自然豊かな環境で何不自由なく育った。

だがこの父が病死したため、江戸に帰ったのが十七歳。

そして二十歳の時に、格下の百俵二人扶持《ぶち》の山岡家に婿入《むこい》りし、あっさりと小野姓を捨てたのである。

父に従《つ》いて高山で過ごした少年期、剣に天賦《てんぷ》の才をみせ江戸では、北辰一刀流《ほくしんいっとうりゅう》の千葉道場に通い、激烈な剣術修行に明け暮れた。

ペリー来航に慌てた幕府が、築地鉄砲洲《つきじてっぽうず》に開いた『講武所《こうぶしょ》』が、今の鉄太郎の出仕先である。

そこには剣、槍、砲術など各流派の達人が〝教授方〟をつとめる。

千葉門下からは高弟井上清虎《いのうえきよとら》が参じ、その助手に任じられたのが、千葉道場の〝鬼鉄〟で知られる鉄太郎だった。

そんな頼もしい人物なのに、なぜ山岡家がかくも貧乏でいつも借金取りに追われ、この店の飲み代も滞《とどこお》りがちなのか、お菜には不思議でならなかった。

ヨシワラなる所に入り浸る……という噂があったが、あの鉄太郎はいつもツギハギだらけの着物を纏《まと》っている。

〝鬼鉄〟が今や〝ぼろ鉄〟になったとまで言われる貧乏な男を、ヨシワラは受け入れてくれるのだろうか？

そのくせ客好きで、大勢の朋輩《ほうばい》や浪人を家に連れてきては、台所事情も考えずに酒と飯を振る舞うらしい。あそこの御新造《ごしんぞ》様は一体どうやりくりしているのか、とお菜にはそれも謎である。

かれの妻はお英《ふさ》といい、もの静かな人だった。その長兄の静山《せいざん》は若くしてすでに亡くなったが、槍の名手で、やはり貧乏な中で大勢を呼んで振る舞ったという。苦労する母親を見て育ったから、お英は馴れているのかもしれない。

山岡家出入りの酒屋の手代喜助《きすけ》は、店に来てはぼやき散らす。

「酒代を全く払って貰えねえのさ」

掛取りに行くと、鉄太郎が木刀を二本持って裸で飛び出してきて、さあさあ……と木刀を押し付ける。

「さあ本気で打ち込んで来い。俺にちょっとでも掠《かす》ったら、何としてでも金は払うぞ」

手代は悔しがって棒切れを振り回したが、鬼鉄に打ち込めるわけもなく、命縮む思いをしただけだった。それが嫌さに、どの店でも掛取りに行きたがらないという。

このやり方は猛烈な不評を買い、今は止《や》めたそうだが、本人は〝押し売りにはよくきくぞ〟となおも嘯《うそぶ》いているとか。

血の気が多いから、売られたケンカは必ず買う。買えばとことんやるから、〝暴れ者〟の悪評も高い。

「そうとも知らずケンカを売った三吉は、東国一の不運者よ」

……などという客の冗談話を裏でぼんやり聞いてると、徳蔵がやって来て言った。

「お菜、ぼうっとしてねえで、お屋敷に一ッ走りしておくれ。御新造様は気を揉《も》んでいなさるだろう、一応知らせたほうがいい。これは山岡様に難儀を救ってもらった御礼だよ」

と、まだ温い総菜の包みを渡してよこした。

「いいかい、こんなものはお口汚しだが心ばかりのもの……と言って差し上げるんだよ、あちらはお武家だからね」

と念を押す。

武家の家では、外の物を〝店屋物《てんやもの》〟といって嫌う風潮があったが、山岡家には当て嵌《は》まらない。時々注文もしてくれるし、こうしてたまに差し入れすると、喜んで貰ってくれる。

徳蔵は時々だが、失礼のなきよう尤《もっと》もな口実を作っては、山岡家に総菜を届けさせるのだった。

(お父っつあんはたぶん、あの雷神みたいなお方が好きなんだ)

とお菜は思っている。

お菜は包みを抱えて、時雨橋を渡った。

この辺りは茗荷谷《みょうがだに》とも呼ばれる谷あいの低地で、雨が降れば小石川台から水がしみ出してきて、小道や坂は小川になる。

時雨橋は、そんな川にかかる小さな橋だった。雨が降らぬ旱天《かんてん》の季節には、橋の下はただの乾いた道になる。

お菜は藤寺《ふじでら》の横の、急な坂道を駆け登った。

この藤坂《ふじざか》は禿坂《かむろざか》とも呼ばれ、〝河童《かっぱ》が出る〟と古くから土地の人に言い伝えられていて、そのせいか暗くなると人通りは急に少なくなる。坂を下れば湿地が多く、清水が湧き出て小川になっていたりで、なるほど河童が出そうだった。

もう夕暮れ時だったから、お菜は息を切らして坂を登った。

河童に出会ってみたくて、わざわざこの急坂をよく通るのだが、日が沈んでからはさすがに怖かった。

登りきれば東西に走る大通り。人通りの多い賑やかなその通りを渡って、さらにゆるい坂を登れば鷹匠町《たかじょうまち》だ。

この高台の町に建ち並ぶのは、幕府御家人の拝領屋敷である。山岡家の屋敷は、妻女お英の実家高橋家《たかはしけ》と並んでいた。

どこも生垣《いけがき》に囲まれた茅葺《かやぶ》きの家で、庭が広く、桜や、梅、桃、柿、栗など、花や実を楽しめる木々が多く植えられている。その意味ではどの庭も似たり寄ったりだが、二百坪ある山岡家だけは、他と少し違っていた。

樹木がほとんどなく、切り株だらけである。

以前はこの界隈でも樹木の多い庭に数えられたが、鉄太郎の代になってから次々と伐《き》られて薪《まき》にされたという。今は、薪にはならぬ弱竹ぐらいしか残っていない。

おまけにお菜は使いでこの屋敷に何度も来ているが、中間《ちゅうげん》とか下男下女に出会ったことがなかった。百俵二人扶持であれば、下僕の一人二人は雇うはずだが、見たことがない。

まれに山岡家から総菜の注文に来るのは、隣の高橋家の従僕だった。

「なーに、そんなこたァざらな話だ。伴《とも》を連れて正式に御城に上がるのは年に何回かだろう。そんなお飾りの家来なんぞ、日給払ってどこかから借りてくればいい」

と徳蔵がにやにや笑って言ったことがある。

山岡家には現在、鉄太郎とお英、その妹お桂《けい》の三人が住んでいるが、婢女《はしため》の姿はなく、いつもお英が直接出て来て客と応対するのだった。

お菜は勝手門から庭に入り、隣家の道場から漏れてくる槍の突きの声を聞きながら、勝手口まで進んだ。

「こんにちは……」

細めに戸を開けて声をかけると、奥でハーイと返事がした。

ややあって薄暗い奥から、ほっそりとした女人が現れる。

病弱そうに見えるのは、去年生まれたばかりの長女が亡くなり、しばらく寝付いていたからだった。もう回復しているとはいえ、この寒さでも綿入れも着ていない。

「あら、誰かと思ったらお菜ちゃんかえ」

お英は嬉しそうに、上がり框にしゃがみ込んだ。青白いが品のいい瓜実顔《うりざねがお》で、切れ長な目と透った声が美しい。

だが痩せ細って顔に生気がなく、お菜の目にはとても二十一とは見えず、それよりも三つ四つ老けて見えた。

お菜はペコリと頭を下げ、大人びた口調で次のように伝えた。

今日は店でヤクザ者に絡まれて困っているところを、鉄太郎様が救ってくれたこと。

それを父親が大変喜んで、御礼に総菜を包んで持たしてくれたこと……。

「お口汚しですがどうぞ召し上がって下さい。ゴボウの煮付けと、蛸《たこ》の太煮、それとあたしの煮た煮豆が入っています」

「まあ、蛸はあの人の好物だし、煮豆はお桂が喜びます」

日頃から慎み深く丁寧なお英だが、お菜の口上《こうじょう》を顔をほころばして聞き、嬉しそうに細い両手を差し出した。

「わざわざようこそ、持って来ておくれだね。ご当人に持たしてくれたらいいのに」

「おじさんは店で寝込んでいなさいます。お帰りの時間が分かりませんから」

「あらら！」

とお英は笑った。

「それじゃかえって迷惑かけてるのね。後で誰かを迎えにやりますから、それまでよろしく頼んだよ」

〝誰か〟とは、お隣の従僕の兵次郎《へいじろう》である。

実は隣り合う山岡家と高橋家は、いささか入り組んだ姻戚関係にあった。

どちらも御勘定方《おかんじょうかた》の御家人であり、お英の亡母ふみは、その高橋家から山岡家に嫁いだ人である。そこで紀一郎《きいちろう》、謙三郎《けんざぶろう》、信吉《しんきち》、お英、お桂の、三男二女を生んだ。

お英の祖父にあたる高橋義左衛門《ぎざえもん》は、〝刃心流槍術《じんしんりゅうそうじゅつ》〟の八代目でもあった。かれはその裏庭にある粗末な道場で、孫の山岡三兄弟に槍を持たせ、仕込んだらしい。上の二人は筋が良く、天才ぶりを発揮したため、高さ一尺二寸（三六センチ）の一本歯の高下駄を履かせ、心を空にして突っ込ませる荒修行を課した。

おかげで兄紀一郎は天下無双の名手となり、〝静山〟を名乗って門弟に教えていたが、五年前に二十六で早世。

次男謙三郎もまたひとかどの槍術家となったが、跡継ぎがいなかった高橋家に養子に入り、成人してから刃心流九代目を継いだ。

謙三郎は御勘定方に出仕する一方、講武所の槍の師範役をつとめ、豪毅《ごうき》な人柄で人望を集めた。後に〝泥舟《でいしゅう》〟と号する。

嫡男を失った山岡家には信吉という三男がいたが、幼少から聾啞《ろうあ》だったため独立させて、長女お英に婿を迎えた。

それが静山の門弟だった小野鉄太郎である。

お菜は、その妻女お英が気の毒でならなかった。

まだ冷えるのに、薄い単衣《ひとえ》しか身につけておらず、時々咳き込んでいたではないか。

赤子を死なせたのは、母親に乳が出なかったからという。

それは一家の主である鉄太郎のせいではないか、とお菜は思うのだ。危ないところを救ってくれた恩人とはいえ、あれこれ思い合わせると、野放図に過ぎるあの人物が、諸悪の根源ではないのだろうかと考えてしまう。

帰り道はすでに暗かった。

提灯も持たなかったから、急な禿坂はやめ、遠回りして茗荷坂を下った。時雨橋まで来た時、暗い空からチラチラと白いものが舞い始めていた。

それはすぐに熄《や》んだものの、空はなお重くたれ込めている。

暮れ六つ（六時）に店じまいし、父親と二人で夕餉《げ》を済ませた頃合いに、高橋家の下男がやって来た。かれは山岡の御新造から預かったという幾ばくかの飲み代を渡し、嫌がる鉄太郎を無理に連れて帰った。

三

一夜明けると、江戸は銀世界だった。

未明から降り始めた牡丹雪が、一尺以上も積もったのである。時ならぬ大雪で、御城下は麻痺《まひ》したようだった。

徳蔵は早くから起き出して雪をかいたが、後から後から降りしきる雪に、店の前の道はすぐに埋もれてしまう。

それでもいつもどおり茶漬けをかき込むと、徳蔵はせっせと総菜作りにかかった。

「春雪は綿帽子だから、昼過ぎには溶けるさ」

とかれは予想し、いつも通りの量を作ったのである。

五つ（八時）には出窓を開いて、まだ湯気の上がった出来立ての総菜の皿を並べた。毎朝これを目当てにやって来る客が少なくない。

近所の町人の朝餉《あさげ》だけではなかった。城に出仕する御家人らの弁当の副菜に、これはちょうど良かったのだ。

だがこの日ばかりは五つ半（九時）前後が猛烈な吹雪《ふぶき》になり、一寸先も見えないほどで、客の出足はパタリと途絶えた。

徳蔵とお菜は家にこもり、ササ、ササササッ……と休みなく降りかかる雪の音を聞いていた。雪がだんだん小降りになり、やっといつものように飲食の店を開いたのは昼前だった。

するとやむのを待っていたように、近所の若い衆が飛び込んで来た。

「親父っつあん、妙な噂があるんだ。どこかで討ち入りがあったそうだ」

「討ち入り？」

徳蔵は怪訝《けげん》な顔をした。

「赤穂浪士《あこうろうし》じゃあるめえし、今どき何だね」

「聞いた話だがね、坂の上が騒がしいようなんでさ」

坂の上とは、旗本や御家人のお屋敷が並ぶ武家町だ。お得意先に食材を頼まれていてその屋敷町に入った棒手振《ぼてふり》が、小降りになった雪の中で、慌ただしく駆ける騎馬や、城に向かう駕籠《かご》を見たという。

お屋敷の婢女に問うてみると、御城の〝桜御門《さくらごもん》〟とかいう門の近くで討ち入りがあったと囁《ささや》いたという。

「ふーん、どうも要領を得ない話だな」

「しかし何かがあったのは確かなようだ……、非常召集がかかり、押っ取り刀で駆けつけたんじゃねえかな」

そんな噂をしているところへ別の者が飛び込んできた。

「大変だ、桜田門《さくらだもん》の外で〝斬り合い〟があり、死体が三十くらいも転がってるそうだぜ」

かれには、桜田門の近くに茶店を営む遠縁がいて、その方面から詳しい情報が伝わったという。

「雪のえらく激しく降る時間に、城に向かう大名行列を、浪士が襲撃したというんだ。駕籠にいたのは何でも彦根《ひこね》の殿様だと……」

「彦根の殿様たァ、御大老《ごたいろう》の井伊《いい》様のことか？」

「そうだ、親父っつあん、アッという間だったそうだ。天下の御大老の首を取るのに、莨《たばこ》にしてたった二服の間だったと……」

こうして一刻（二時間）もたたぬうちに、興奮した近所の町人が、何人も店に出入りした。

そのそれぞれが、断片的な情報を持ち込んだ。

この凶報はたぶん昼過ぎまでに、城下町全体に広まっただろう。夕刻までにはおそらく、江戸中に知れ渡ったのではなかろうか。

お菜もまた、体を強《こわ》ばらせ固唾《かたず》を呑んで客の噂話を聞いていた。その断片を繋ぎ合わせると、全体の大筋はこうなる。

すなわち御城の桜田門外で、登城中の井伊大老の行列に、攘夷派とおぼしき二十人近い水戸《みと》浪士が襲いかかったらしい。

後で聞いた話も加えると、事の仔細はこうだった。

彦根藩主の井伊掃部頭直弼《かもんのかみなおすけ》の上屋敷は、桜田門にほど近い外桜田にある。当主直弼は、この三月三日〝上巳《じょうし》の節句〟のお祝いを言上《ごんじょう》するため、供回りの歩士《かち》、足軽、草履取り、駕籠かきなど総勢六十余人に守られて、五つ半（九時）に屋敷を出たのだという。

老中や若年寄の行列は、〝刻み〟という駆け足が許されていて、この刻みで行けば、屋敷から桜田門までは、ほんの一走りである。

警護衆はもちろん、こんな白昼堂々の襲撃など思いもよらなかった。それどころか季節外れの大雪とあって、揃いも揃って動きにくい雨合羽を身に着け、刀の柄《つか》には柄袋を被せていたという。

だからいざとなって、すぐ抜刀することが出来なかった。

もたもたしているうち周囲を囲まれ、凄まじい勢いで斬り込まれて、多くがほとんど防戦する暇もなしに絶命したという。

大老は、駕籠から引きずり出され首を斬り落とされた。その首は槍の先に突きささされ高々と掲げられた……。

というのがこの時点での通説である。

だが、大老は重傷を負ったまま自邸に逃げ込んで治療中だ、という噂もあって、その生死は未だ判然としていなかった。

一方の浪士の方は、数人が自刃《じじん》などで死亡し、自首した者が十人弱。何人かが逃亡したが、その数はまだ分かっていないという。

夕刻近くなって、町内で緊急の寄合《よりあい》があった。

国を揺るがす大事件に、御城下は厳戒態勢をとっており、事件のあらましや町内の治安について、お役人からお達しがあるというのだった。

徳蔵は少し早めに店を閉め、総菜の窓売りだけをお菜に任せ、一張羅《いっちょうら》の紋付羽織を着込んで出かけて行った。

お菜は、今日も早めに行灯《あんどん》に灯を入れた。

今朝の、あの一寸先も見えない吹雪のさなかに、さほど遠くもない御城の向こうで、井伊大老という幕府の最高責任者が暗殺されたのだ。それも、たった莨を二服するぐらいの間だったという。

大変なことが起きつつある……と実感した。たった莨を二服する間に、この国は変わるかもしれない。

無心に降ったあの牡丹雪が警備を麻痺させ、惨劇に加担したことを思うと、何かしら身内を震えが走る。

「噂を聞いて、あっしはすぐ現場にすっ飛んで見てきたですよ」

と興奮して言う桶職人がいたっけ。

「お上《かみ》のしなさることは手早えな。ホトケさんはとうに片付けられて、一つもなかった。だけど斬り合いの跡ってェのは生々しいねえ。雪は血でびしょびしょになっててよ、その上に、斬られた耳や鼻や指なんぞが、いっぺえ落ちてた」

（耳、鼻、指……）

それらが目の底に浮かんだ。斬殺《ざんさつ》された武士の霊は、夜になると無念の思いで彷徨《さまよ》い出る……と聞いたことがあるけど、あれは本当だろうか。

お菜はそんなことを考えながら、母の眠る仏壇に手を合わせ、薄暗い室内に早々と灯を入れた。

総菜はいつもより売れ残ったし、酒目当ての客も徳蔵が出かけてからは誰も来なかった。

六つ（六時）の鐘が鳴りだすと、勝手口から急いで外に出た。

午後には薄日がさし、寒気もゆるんだから、坂の上の表通りは半ば雪が溶けたと聞いている。しかし坂下のこの辺りには、かき上げられた雪がまだまだ嵩張《かさば》っている。

雪の夕暮れは静かだった。お菜は茂みに積もった綿帽子を箒《ほうき》ではたき落としてから、提灯の灯を消そうとしてハッと立ち竦んだ。

誰かが、ゆっくりした足取りで時雨橋を渡ってくるのだ。

薄暗い中でも、男がお侍だとすぐに分かった。お菜は怖くなり、慌てて提灯の火を吹き消し、勝手口から中に入ろうとした。

「待ってくれ」

男もまた慌てたように、少し急いで近づきながら言う。

「ああ、すみません、店はもう閉店です」

お菜は、すまなさそうに言った。

「無理言ってすまないが、何か……茶漬けでいい、何か食うものはないか」

「いえ、六つ過ぎての夜商いは禁じられてるので……」

いつもの徳蔵の口調を真似て、今度は強く言った。何となく、関わりになりたくない気がしたのだ。

そばまでやって来た男は、ぶっ裂き羽織に汚れた野袴をはき、痩せた腰に大小をさしている。ひどく草臥《くたび》れた様子をしていて、汗と泥と体臭の混じった嫌な臭いも微かに漂った。

こけた頬は無精髭に幾分隠されているが、伏し目がちな細い目は、上目使いになると異様に光った。

「それに、うちにはお侍さんの召し上がるようなものは……」

と言いかけて、ぎょっとした。

男はふらふらとして、急にそこにうずくまったのである。

「あ、あれ、お侍さん、どうしました……？」

「いや、草臥れただけだ。店仕舞いしたのにすまないが、気つけに一杯だけたのむ。金はある」

うずくまったまま、男はやっと聞き取れる掠れ声で言った。こんな状態でもどこか武士らしい品位があり、こちらを気遣う言葉を吐いた。

（まさかこのお方……）

ふと今朝の襲撃事件が思い出された。

風聞にすぎないが、下手人はどうやら攘夷派の浪士らしく、何人かが逃亡しているという話である。胸が急にドキドキと波打った。

素早く辺りを見回したが、界隈には夕闇が漂って、人っこ一人通りかからない。

隣家の主の三十次《みそじ》は、日中左官の仕事で出払っていて、夕刻過ぎないと帰らない。喧嘩の絶えなかった女房お六《ろく》は、出て行ったのか離縁になったものか、このところ家に姿が見えなかった。

（お父っつあんはまだかしら。なぜ誰も通りかからないの）

しかし仮に事件に関係があるにしても、こんなに具合の悪そうな人を、夕暮れの雪の中に追い返せるだろうか。悪い人ではなさそうだから、一杯呑んだら立ち直るのではないか。

瞬時にそのように頭を巡らした。

「分かりました、今、中から鍵を開けますから……」

お菜は思いきって言い、勝手口から入って大急ぎで台所の掛け行灯を取ってきて、表戸を開けた。

男はゆっくり店の中に入って、酒樽に腰かけた。行灯の灯りで店内が明るくなると、一畳半ほどの入れ込みを見つけてそちらに移動し、崩れるように倒れ込んだ。

「あっ、大丈夫ですか、お具合悪いですか」

「いや、草臥れただけだ。すぐ治る」

と繰り返したがそれきり起き上がらず、何も喋らない。

お菜はそこに立ち尽くし、大きな後悔にさいなまれた。自分は、とんでもない人間を引き入れてしまったのでは？　さっき店の前で毅然と追い返すべきだったのだ……。

そんな後悔に駆《か》られながらも、女らしい手つきでそっと男の額に手を当てた。

ひどく熱かった。

（熱がある……）

どうしていいか分からぬまま、台所に駆け込んで手拭いを水に浸して絞り、駆け戻って男の額に載せた。

（どうしよう、どうしよう）

そう思ったつもりが、つい声にも出てしまった。それを聞きつけてか、男は呻くように言った。

「案ずるな、娘、すぐにここを出るから、酒をたのむ……」

「いえ、お酒は駄目ですよ、だって熱があるんだもの」

思いがけず、お菜は言っていた。

「今、お粥《かゆ》を作るから、少し休んでください」

「何もいらん、酒を呑んで、少し眠らせてくれ……」

言いかけて語尾は消え入り、それきり何も言わなくなった。死んでしまったのだろうか、とお菜は怖くてならなかった。

四

「どうしたんだ、店を閉めなかったのか……」

背後で不意に徳蔵の声がした。いつの間にか入ってきて背後に立っていたのだ。

「やっ、こ、こちらさんはどうした？」

驚いたようなその声に男は目を醒まし、体を起こしつつ刀に手をかけた。

「あ、大丈夫です、お父っつあんだから」

お菜は言って振り向き、恐い顔をして徳蔵を見上げた。

「お父っつあん、このお侍さん、店で急に倒れたんだ。熱があるみたいだから何とかしてあげて……」

「お侍さん、どうしなすった」

徳蔵が声をかけると、男はもがいて起き上がろうとする。

「ああ、心配せんでじっとしていなされや。こんなあばらやでも、多少の薬の用意があるでな、風邪《かぜ》や食あたりぐらいならすぐ治せますて」

「…………」

男は黙ったまま、左腕を上げた。

羽織とその下の小袖に隠れて見えなかったが、腕を上げると袖がたわんで、その下に白い晒手拭《さらし》いが巻かれているのが見えた。怪我をしているらしく、それは赤黒く血が滲んでいる。

徳蔵はハッとひるみ、目をお菜に向けた。その目には非難と恐怖が浮かんでいる。

かれは今の今まで、朝の襲撃事件について聞かされていたのだ。

逃亡した数人の足取りは、未だ摑めていなかった。昼間は人目を避けてどこかに隠れ潜み、日の落ちる頃から動き出すことも考えられる。もし上方《かみがた》に向かうとすれば、警備の厳しい東海道《とうかいどう》を避け、この先の板橋宿《いたばしじゆく》から中山道《なかせんどう》に入って、内陸を通って京を目ざす可能性も強いという。

万一〝逃亡者〟と思《おぼ》しき者を見かけた時は、慌てずに引き止めて、必ず番所に一報すべし、と叩き込まれてきたばかりだ。

「ああ、お武家様、金創《きんそう》(刀傷)ですね。そうであれば、いい薬がございますよ」

と徳蔵は落ち着いた口調で言った。

「この正月に富山《とやま》の薬売りが、〝金創膏《きんそうこう》〟を置いてったんでさ。お菜、ほれ、そこの茶簞笥に薬箱があるはずだ。そのまま箱ごと持って来てくれ……」

お菜が薬箱を持って来るまでに、徳蔵は包帯がわりの手拭いを取ろうとしたが、男は痛がって呻きその手を払った。

「放っといてくれ……」

「しかしお侍様、熱があるのは良くねえですよ。素人《しろうと》のわしじゃ無理だが、近くにいい金創医がおるで、診てもらいなせえ」

「いや、一休みしたら出る。水をくれ」

掠れ声で侍は言った。

徳蔵は水を持って来させ、一緒に常備薬の痛み止めを呑ませた。深い疲れのせいだろう、男は薬を飲むとすぐに寝息をたてて眠りに落ちたのである。

その身体にどてらをかけて、二人は奥の母屋に引き上げた。


急いで二人は夕餉をすませたが、五つ（八時）の鐘が鳴っても、男は眠り続けた。

徳蔵は茶の間の上がり框に腰を下ろして、ひどく困惑した顔だった。

「どうしたもんだか。不審者は、番所に届け出なけりゃならん」

「お父っつあん、まさか……」

お菜がそばに腰を下ろし、父親を睨んだ。

「まさかって、お前、あれ以上の不審者はいねえぞ」

徳蔵は、お菜の顔を見ずに呟いた。

「でもうちにとっちゃ、ただのお客でしょう。匿《かくま》ってくれだの金を出せだの、一言も言ってやしないよ。もし後でお咎めを受けたら、あたしがそう言うから」

「……」

「目が覚めたらすぐに出て行きなさるだろうから、余計なことはしない方がいいよ」

「もちろん、余計なことをする気はねえがな」

この店に来る客の多くは、どこかしら不審の影がある者だった。こちらに危害を加えず、店で飲食しちゃんと金を払ってくれる者はお客だ、とかれは口癖のように言ってきた。

「しかしあのお侍……あんな状態じゃ出て行けねえよ」

父親は難しい顔で続けた。

「…………」

お菜は黒目がちな目を父に向け、父娘は初めて互いの目を見た。

明らかにあの者には医者が必要だった。医者にかからなければ、死ぬかもしれなかった。だが男はそれを拒むだろう。

また、もし医者がどこかに通報でもしたら、どうする？

そんな不安が、二人の顔に滲んでいた。

沈黙が続き、徳蔵は
「ちょっと様子を見て来るよ」

と呟いて、立ち上がったその時だった。勝手口の戸をドンドン叩く音がした。徳蔵はギクリとしたように立ち竦《すく》んだ。番所の者か、と思ったのだ。

「おーい、戸を開けてくれ」

その大声に頬を強《こわ》ばらせたままお菜は、徳蔵の顔を見た。かれも、まずいお方が来た……という顔つきである。

昨夜ここで大の字になって眠りこけ、屋敷から迎えが来て連れ帰られた、あの酒豪の山岡鉄太郎だった。

かれがどういう人間か詳しくは知らないが、確かなのは幕臣であるということだ。であれば、何かの検《あらた》めに来たとも思われる。

どうする、お父っつあん？

放ってもおけまい……。

二人は目でそんな会話をかわし、竦んでいた。

「山岡だ、夜分にすまん」

こちらの心情を心得ているようなその声に、徳蔵が答えた。

「へえ、ただ今……」

お菜には低声《こごえ》で言った。

「ここはわしに任せて、お前は奥で休みなさい」

「でも……」

かれは口に指を当ててシッと制し、怖い顔をした。いつまでも子どもとばかり思っていたお菜が、最近口答えが多くなったのが苦々《にがにが》しかった。

今もお菜は動かずに立っていた。

「これはこれは山岡様……」

心張り棒を外して戸を開き、徳蔵が頭を下げた。

「やあ、おやじ、昨夜はすまなかった」

長身を屈めるようにして入って来て、鉄太郎はいつもの口調で言った。

「いや、今日は桃の節句だろう、ちょいと失敬してきた」

その手には一枝の花を握っている。濃い紅色の蕾《つぼみ》と花をつけた桃の一枝である。

「お菜坊に、昨夜のお詫びだ」

「え？」

お菜は土間の奥に突っ立って、のしのしと歩み寄って来るかれを見つめた。無造作に差し出された桃の枝は、その切り口が見事にスパリと伐《き》られている。

一体どこで〝失敬〟したのだろう、と訝《いぶか》しみつつお菜は受け取ったが、なぜか襟足《えりあし》まで真っ赤になっていた。

「おじさん、ありがとう……」

「これ、おじさんはいけねえ、山岡様だろうが」

慌てて徳蔵がたしなめると、アハハ……と鉄太郎は声を出して笑った。

「構わんよ、おじさんで大いに結構」

「いや、母親がおらんせいか、どうも不調法で困ります……。ご気分直しに一杯いかがです」

徳蔵はそばの五合徳利を掲げてみせた。

「ああ、今夜はちと急ぐんでね。もう知っていようが、今朝の騒動で、一日おれは講武所に詰めていた。これから帰って高橋の兄に話さなけりゃならんことがある……だが、まあ、せっかくだ。一杯頂こうか」

と上がり框に腰を下ろし、徳蔵が注いだ茶碗酒を一気に呑み干した。

「時におやじ……」

トンと茶碗を置くと、鉄太郎は急に声を低めて言った。

「あそこにおるのは何者だ」

と顎をしゃくってみせる。

台所の空気が一瞬凍りついて、徳蔵は声も発しない。

桃の枝を挿《さ》そうと、空になった二合徳利を洗っていたお菜もまた、背筋が凍りついた。

つい先ほど勝手口から入ってきた鉄太郎は、暗い店の方には目も向けず、台所の土間に向かって大股でゆっくり進んで来たではないか。それだけで何故、店に人がいることが分かるのか。

不思議でたまらず、そっと肩ごしに振り返り、大きく開いた目でこの客人を窺った。かれは何も言わず、ぎょろりとした目を床に落としている。

「あ、あの、山岡の旦那、実は……」

と徳蔵が観念してぐずぐずと言いかけた時、鉄太郎はやおら立ち上がり、柱に掛けてあった掛け行灯を手にするや、大股で店の方に向かった。

「おじさん、待って！」

「あの、山岡様！」

とてんでに叫んで、徳蔵父娘はその後を追った。

どこかで五つ（八時）の鐘が鳴っていた。

五

おぼろな灯りに照らし出された光景。

それを一目見て、鉄太郎は手にした行灯をお菜に押しつけ、ウオッと奇声を上げて飛び込んでいった。

入れ込みの一畳半に横たわっていた男が、いつの間にか起き上がって着物の腹をはだけ、刀を手にしていたのである。一歩遅れていたら、この店は血の海になっていただろう。

寸前に体当たりされて刀が吹っ飛び、音をたてて板壁にぶつかって転がった。それを奪おうとして、二人は取っ組み合いになったのである。

だがあっけなく勝負はついた。たちまち男は組み伏せられ、ふてくされたようにその場に大の字になって、喚《わめ》いた。

「ああ、何とでもしろ。遠慮はいらん、ひと思いに殺《や》ってくれ」

「遠慮もなにも、おれには貴殿を殺す理由などねえんだ。何をそう死に急いでおる」

鉄太郎は、その場にしゃがんで言った。

「………」

「話してみろ、理由いかんじゃ手助けしねえでもないぞ」

すると一瞬沈黙してから、男は答えた。

「人を殺《あや》めた」

「ふむ……」

「しかし信念あってのこと、お上《かみ》のお裁きは受けんつもりだ」

「お侍ェさんよ」

突然その時、背後から第三の声が遮《さえぎ》った。

「あっしは恨みも何もねえが、ぶっちゃけ言わしてもらおう、あんた、例の事件を起こした狼藉者《ろうぜきもの》だな？」

その興奮した塩辛声に、一同はぎょっとして振り向いた。

そこにはいつの間にか、隣家の左官職人が立っていた。帰ってきた時に、あじさい亭の騒ぎを聞きつけて、勝手口から覗き込み、そのまま入り込んできたらしい。

「三十次、ぶしつけなことを言うでねえ！」

徳蔵が猪首《いくび》をもたげて強く叱ったが、それを打ち消すように、狼藉者と名指された男の掠れ声が重なった。

「ああ、その者の申す通りだ。わしが大老の首を刎《は》ねた天下の狼藉者だ」

大の字になったまま、かれは天井に向かって叫んだ。

「天下の大罪人福士栄之進《ふくしえいのしん》を、早く召し捕えろ！」

「…………」

皆は息を呑んで黙り込んでしまい、ただ男を見下ろしていた。

「こ、これは一体ェ、どういうことなんで？」

鉄太郎に向かってようやくそう問うたのは、店の主の徳蔵だった。自分の店でそんなことが起こるはずねえ、という気持ちがその声に滲んでいた。

鉄太郎は何とも答えず、ぎょろりとした目で、それきり黙り込んで動かぬ男をじっと見下ろしている。男の伸ばした腕の袖がまくれ上がっていて、その二の腕にきつく手拭いが巻かれ、血の滲んでいるのが目に止まったようだ。

「おい、福士殿とやら、その傷はどうしたんだ、襲撃でやられたのか？」

「……ああ、そうだ」

ふとかれが言った。

男は見もせずに答える。

「ちょっと診せてもらうぞ、ご免！」

何を思ったものか、そう言いざま鉄太郎はそばで膝立ちし、その手拭いを思い切り引きはがした。

ウウッ……と男は呻いた。

「灯りを！」

鉄太郎の声に、ぼうっとしていたお菜は慌てて行灯をかざした。剝《む》き出しになった患部は赤黒く爛《ただ》れていて、じくじくと血が滲んでいる。それを見るや、鉄太郎はおもむろに言った。

「刀傷じゃねえな。これは銃創だ」

「……ち、ちゅうこたァ、どういうこって」

と徳蔵が目をしばたたいた。

「この御仁は、大ホラ吹きだってことさ」

鉄太郎は腕を組んで、きっぱり言った。

「大老襲撃は、狼藉者の一発の銃声で始まったと聞いておる。いま知られてる限りだが、二発めはなかったはずだぜ。それは合図の銃弾だったが、駕籠の中心を狙って発射されたのだ。その一発は、きっちりと御大老に命中して、御体をそこに留めたのだ。その後の弾の行方は、おれは知らん。今もそこに止まっているものか、それとも御体を貫通し、力余って駕籠の外へと飛び出したか……」

　と鉄太郎は首を傾げて続けた。

「仮に力余って飛び出したとしてみよう。その時はまだ、駕籠の周りにいたのは大老の警固衆だけだった。もしその弾が、この御仁に命中したのならば、この福士殿は大老の〝護衛〟の中にいたことになる」

「…………」

「それはいささか矛盾《むじゅん》しよう。まあ、素人判断だが、この腕の銃創を見る限り弾は腕を掠めたようだ。近くで撃たれたんで、弾に飛力があったのだ」

「…………」

　ふうっと皆は溜め息をつき、それまでの異様に張りつめた空気が柔らいだ。この侍は、件《くだん》の狼藉者ではないのだ。

「おぬし、たまたま事件の下手人《げしゅにん》に間違えられそうになって、ここに逃げ込んだんじゃねえのか」

「…………」

「どうだ、図星だろう？」

　鉄太郎の声に、ずっと閉じられている男の細い眦《まなじり》から、一筋の涙が流れて頬を伝っていた。

「……山岡殿とやら」

しばしの沈黙の後、男は重い口を開いた。

「ご推察、お見事だ」

「うむ……」

「たしかに仰せの通りだ。今朝の、雪がもっとも激しく降って一寸先も見えなかった時分、それがしは、中山道を板橋宿に向かっておった」

だが昼過ぎから、なぜか警備隊が急に増え、にわかに街道筋が騒がしくなった。この季節外れの大雪である。災害に備えての緊急出動に違いない、と想像した。

しかしそれにしては、通りがかりの人々は皆興奮していた。

「御城に向かう途中とか……」

「お首が……桜田門の方へ飛んだそうで」

「大勢の狼藉者が飛び出して来て斬り合いが……」

そんな断片を耳にするうち、悟ったのである。どうやら雪の中、幕府を揺るがす大事件が勃発《ぼっぱつ》したのだ、と。

「板橋の検問は厳しい、と町衆がしきりに噂しておった。それを聞いて、すぐに街道を離れた。もとより事件には何の関係もないが、実はそれがし、別件で臑《すね》に傷ある身でな……」

男はそこで一息入れ、しばしの沈黙の後、途切れ途切れに語り始めたのだ。

男の名は福士栄之進。神奈川奉行所の支配調役並《しはいしらべやくなみ》、すなわち上級官吏だった。調役への昇進も決まっていたし、何よりも三か月前に、第一子が誕生したばかりだった。

しかし人生で最高の時を迎えようとしていたかれに、奈落《ならく》へと突き落とされる事件が起こった。

妻女が突然、自害したのである。男児誕生の半月後のことで、自らの首を短刀で突いての、覚悟の死だった。

能吏と評判の高い福士は、少しも慌てず騒がず、〝産後の気鬱《きうつ》〟として上に報告し、内々に弔《とむら》って事態を静かに収めた。

しかしながら、それで収まる事件ではなかった。

実はこの事件の背後には、驚愕の事実が隠されていたのだ。生まれた赤子は生後十日ほどで目を開いたが、あろうことか、その目は青かった。

これはいかに、と夫たる福士は妻を厳しく問い詰めたが、妻は何も語らぬまま、その夜のうちに死を選んだのだった。

福士は密かにしかし徹底的に、真相を調べ上げた。暴行を加えた男は西洋人に間違いないから、比較的早めに突き留められた。

開国派である福士は異人と広く親しく交際していて、その中の一人、若く如才ないアメリカ商人に英語を習っていた。その青年が家に来るたびに、家族と食事を共にし、流暢《りゅうちょう》な日本語で妻とも親しく話したのである。

そのアメリカ人は福士が留守の時でも、家を訪ねてきていたと女中らが口々に証言した。妻が妊娠してからもかれは家に来ていたという。妻に親しく近づけた異人は、この男しかいなかった。

福士は、まず赤子に乳母《うば》をつけて駿府《すんぷ》の親戚に預け、古道具屋を呼んで目ぼしい家財を密かに売り払った。その金のほとんどを使用人に配り、因果を含めて解雇したのだった。

わずかな路銀を懐に収め、旅の準備を整えた上で、かれはアメリカ青年を淋しい横《よこ》濱本牧《はまほんもく》の海岸に誘い出した。

相手の出方次第によって、〝攘夷派による異人斬り〟を装って斬ることも辞さぬ覚悟だった。

この頃、世間では異人斬りが相次いでいた。異人殺傷となれば、攘夷派のしわざと決められて、下手人《げしゅにん》探索はうやむやになる例が多かった。

福士に、妻との関係を問い詰められた青年は、初め言《げん》を左右にしていたが、急に開き直って言い出したのだ。

「犯したのではない、あれは合意の上だ。奥方に迫られたのだ」

そのあまりの誠意のなさに福士は激昂し、もはやこれまでと抜刀した。

相手は短銃を振り回して逃げようとしたが、福士はその背中から袈裟《けさ》懸《が》けに斬りつけ、さらに胸に止《とど》めをさして現場を離れた。

浜辺で行き倒れた異人は漁師に発見され、思惑通り〝攘夷派のしわざ〟と世に伝えられたのである。

だが相手の撃った銃弾が、福士の腕をえぐっていた。かれは発覚を恐れて自分で傷の手当をし、人知れず横濱から姿を消した。いずれ奉行所から探索があるだろう。それまでに意地でも逃げ延びよう、こんなつまらぬ事件で死んでたまるか、と思った。

それが三日前のことだ。

かれは追跡を警戒しつつまず北に向かい、大回りをしたあげくに南下し、今朝になって中山道に入ったのだった。

「……わしは昔から〝運〟の悪いやつが大嫌いだった。運は作るもので、それも才のうちと考えておった。だがどうやらこの自分こそ極不運の、才のない男だった」

かれは自嘲気味に力なく笑った。

「妻はおそらく〝遊び〟のつもりだったが、あろうことか、青い目の子が生まれてしまったということだろう。それもわが不徳の致すところ……。ここは福士の名を辱《はずかし》めた異人を斬り、意地で生き延びて、運を挽回しようと意気込んだ。だがよりによって、幕府始まって以来の大事変に巻き込まれるとあっては、いよいよ運の尽きだ。わが福士家は家康公以来の直参《じきさん》旗本……そのような汚名を着せられては、あの世で御先祖に合わす顔はない。しかしどうせどん底まで落ちたのだ、この先どうにでもなるがいい。大老暗殺を騙《かた》って大悪党になって、あの世で一泡吹かすのも面白いかと、ははは……」

と気の滅入るような低い声で笑った。

「まあ、そのようなわけだ。騒がせたこと、許されよ」

「なるほど、相分かった」

鉄太郎はそこに胡座《あぐら》をかいて座り込み、顔をのぞき込んだ。

「貴殿、一度は生き延びようと思ったんだな。ならばその命をこのおれに預けてみねえか」

「…………」

「おれは山岡鉄太郎。幕臣だ」

「いや、生き延びたところで、自分がお尋ね者であるのは変わりない。どうあがいたところで私の運はここまでだ」

「ところが貴殿の運はまだ尽きておらん」

「……いい加減を申すな」

福士と名乗る武士は、けだるそうに呟いた。

「いや、いいか、よく聞け」

鉄太郎は言う。

「弾が貴殿の腕を掠めただけですんだのが、まずツキの始まりだ」

「…………」

「次に、ここでこの山岡に会い、怪我を見られたのが第二のツキだ。何故ならば銃創というやつは始末が悪い、漢方の治療法では治らんのだよ。刀傷と同じように包帯で締めあげては、患部は膿《う》み爛《ただ》れて、死に至る。蘭方医に治療してもらうしか手はねぇんだ。おれはそれを聞いていた、すこぶる腕のいい蘭方医を知っておる。これが強運でなくて何だ？」

「…………」

「その蘭方医は、ここから遠からぬ三百坂下《さんびやくざかした》に住んでおる。すこぶる付きの名医だ」

「本当に蘭方医か……」

「決まってるさ。蘭方医手塚良庵《てづかりようあん》。たしか三十四で、貴殿と同じような年頃だろう」

将軍のお膝元の江戸では、まだ漢方医がはばをきかせ、奥医師として権力を握っている。だが良庵は西洋医学を志ざし、大坂に出て緒方洪庵《おがたこうあん》の適塾《てきじゆく》で学び、蘭方医となった医者だ。

天然痘撲滅《てんねんとうぼくめつ》のため、地方の藩ではとうに作られている種痘所《しゆとうしよ》さえ、江戸では反対が強くて作れなかった。医学界のそんな古い体質に抗《あらが》い、蘭方医ら八十二名が出資して創設したのが、お玉《たま》が池《いけ》の種痘所だった。

良庵はその中心となった一人である。

「おれがこれから、貴殿を三百坂下の手塚宅まで案内するから、いざ立たれよ」

「しかし……」

福士はまだ迷うような言葉を繰り返し、熱のためにうるんだ目で、虚《うつ》ろに天井を見上げたままである。

「自分は人を斬ったし、妻も死なせた。この三十四を末期《まつご》とし、悪運を断つのも悪くないと思う」

「だがその異人には、斬られてしかるべき理由があったんだ」

「やつは、日本の作法を知らなかった」

「いや、妻を奪った男が亭主に討たれるのは、西洋でも同じじゃねえのかい。殺していいとは思わんが、成敗されても仕方ねえとおれは思うが……」

これに徳蔵と三十次が頷いた。

「それでも償《つぐな》いをしたけりゃ、まずは生きてみることだ。運を信じて今は逃げるんだ、もう一度赤子の顔を見てみろ。気が……いや、運が変わるかもしれんぞ」

「…………」

「ただ、御城下は厳戒態勢で、蟻《あり》の這い出る隙もねえ。だがこの山岡がついておる。おれは夜中に何度も番所のご厄介になってるんで、顔が利くんだ、ははは。手塚殿にはおれから頼んでみる。ただし、問題が一つある」

「…………」

「金だ。これから貴殿は駕籠で行くことになる、しかし警護が厳しい上にこの雪道だ。

籠かき連中は、酒手《さかて》を弾《はず》まれねえことには動かんよ」

「金ならある」

とかれは懐を探って言った。

「おう、欲が出てきたな。よし、これで決まりだ」

鉄太郎が勢いよく立ち上がった。


鉄太郎がまず、顔のきく駕籠屋を呼びに飛び出して行った。

だが駕籠で行くにしても、まだ雪に覆われているこの坂を、上の通りまで連れて行く必要がある。徳蔵と隣の住人三十次が身ごしらえし、熱でいよいよ歩行困難になっている福士栄之進の両肩を支え、そろそろと店を出た。

一同が店を出て行って誰もいなくなると、急に沁み入るような静けさが戻ってくる。

お菜は暗い空を見上げ、空気がぬるんできたように感じながら、戸締まりをして台所に戻った。

流しには、先刻、活《い》けようとしていた桃の枝が放り出されたままである。お菜はそれを手に取り、枝の鮮やかな斬り口を見つめて、鉄太郎という人物を考えた。

なんという不思議な人だろうと。

今日は何と不思議なことばかり起こった日だろうかと。

幕府の偉いお方は、雛の節句の祝いに登城しようとして運を落とし、横濱から逃げて来たお方は、ここで運を拾ったのだ。

それも鉄太郎が福士栄之進の存在に気づきさえしなければ、あのお侍は負傷した体を引きずって、今ごろ再びこの春の夜の闇へと彷徨《さまよ》い出ていただろう。

かれを救ったのは、自分たちではない。

暗黒へ向かいつつあった福士栄之進の運を、明るい陽の射す方へと捩《ね》じ向けたのは、あの鉄太郎という人なのだ。

そんなことをぼんやり考えていた時、ふと背後に誰かの視線を感じた。ゆっくりとお菜は振り向いた。

視線の先にあったのは、あの雛人形だった。

茶簞笥の上の薄暗がりに、白い女雛の顔が浮き上がり、ほんのり微笑《ほほえ》んでいる。初めてお菜は思い出した。

(ああ、今日はお雛様の日だったっけ)

大急ぎで桃の枝を徳利に挿して、雛の前に飾る。

(そうだ、早く片割れを見つけてあげなくちゃ……)

無心に微笑んでいる女雛に語りかけるうち、ふと、今まで考えたこともなかった遠い将来を思った。自分にもいつか、そんな片割れが現れるのかしらと。

犬の遠吠が夜空にこだまし、雪溶けの水滴が滴《したた》る音がした。

静かにふけていく、万延元年の雛祭りの夜だった。

第二話　紫陽花は天《そら》の色

一

よく晴れたその朝、お菜は徳蔵に何も断らずに、ふらりと家を後にした。

着古した黄八丈《きはちじよう》に洗いざらしの赤い前垂れはいつものままだが、桃割れの髪に手拭いを姉《あね》さん被《かぶ》りにしている。

旧暦五月、そろそろミョウガの生える頃だった。

〝いのち冥加《みようが》〟というごろ合わせで、初物《はつもの》のミョウガは縁起がいいとされ、店の客に人気がある。シャッキリしたその香りに誘われつい杯を重ねてしまうし、酩酊《めいてい》するとまた何となく長生きしそうな気になるらしい。

この一帯は茗荷谷《みようがだに》と呼ばれ、季節にはよくミョウガが獲《と》れた。

始めている。

時雨橋のたもとにも〝あじさい亭〟の周囲にも、その葉はもう濃くあおあおと茂り

い。

昔はこの谷あいはミョウガ畑だったそうで、畑地が失われ武家屋敷や町家が建ち並ぶようになっても、土中に残った地下茎が昔を忘れず、あちらこちらに芽を出すらし

よく群生する穴場をお菜は幾つか聞き知っていて、この日は、禿坂下《かむろざか》にある藤寺に向かった。

この寺は藤が美しいので有名だったが、美しいのは藤ばかりではない。急な禿坂に立つとはるかに富士山《ふじさん》が見えた。誰も特に見物に来たりはしないが、お菜には日本一の絶景に思える。

藤が終わる今頃になると、いつもその境内《けいだい》や周囲の空き地にミョウガの葉が繁殖するのを、お菜は覚えていた。

この日、そろそろだろうと境内を覗いてみると、藤棚にはまだ名残《なご》りの藤が房を垂れていたが、ミョウガの葉も目についた。

心躍らせて寺の外の原っぱに踏み込んでみると、すでにあおあおと茂っている。その葉の根元に芽を出した穂が伸び、穂先がふっくらと膨らんで赤紫色に色づくと、食

べ頃である。

お菜は大急ぎで襷《たすき》がけした。

沢山《たくさん》採れる盛りの頃には、少し離れた護国寺《ごこくじ》や本郷《ほんごう》まで売りにゆくのだった。一抱えある大笊《おおざる》に山盛り摘んでも、十文《もん》になるかどうかだが、それがお菜の小遣いになるのが嬉しかった。

ミョウガの茂みにしゃがもうとした時、お菜はすでに先客がいるのに気がついた。しゃがんで一心に摘んでいたその人も、気配を感じたのだろう。振り返って、すぐ立ち上がった。

「あら！」

お菜は思わず声を上げ、姉様被りの手拭いを外して頭を下げる。

「せんだっては……」

とその人も頭に被っていた手拭いを外し、にこやかに会釈を返してよこした。

それは坂の上の山岡家の御新造お英だった。その面長の品のいい顔は、さらに痩せたようで、三月に会った時より細く青白くなったように見える。

「こちらこそ……」

お菜ははにかみながら頭を下げ、そばの笊を覗いた。そこには紅色のミョウガがすでに山盛りになっている。

「まあ、沢山……！」

「ええ、まだ少し早いかと思ったけど、ほら、もう花が咲いてるのもあるのね」

相手は微笑《ほほえ》んで頷き、近くを指さした。

「あれ、ほんと！」

お菜は足元を見て声を上げた。

すでに蕾《つぼみ》が開き白い花を咲かせている。

「ここは日当りがいいんだねえ。こんなに採れてどうしようかしら。お菜ちゃんは、どうやって食べるのかえ」

「ああ、あたしはミョウガを刻んで薬味を作るだけだけど、お父っつあんはいろいろ作ります……」

すぐには料理を思い出せず、お菜は首を傾《かし》げた。

十三歳になっても手習塾には行かしてもらえない。

だがその代わりに、徳蔵からいろいろな煮物を教わっていた。風にさらした〝しみ大根〟を水で戻して身欠《みが》きニシンと煮たり、人参やゼンマイと煮込んだり。これらは徳蔵の十八番《おはこ》で、ゴボウ煮と並んで、この店の人気の総菜だった。

今のお菜の仕事は薬味を刻むくらいだが、そのうちそうした売れる煮物も作らせてほしい。そんな思いが胸のうちを駆け巡ったが、何といっていいか分からずただ笑っている。

「そうそう……」

と急に思いついたように、お英は言った。

「私のを半分持ってっておくれな。ここのはもうあらかた摘んじゃって、残ってないんだもの」

「あっ、せっかく摘んだんだから」

「いいえ、面白くてつい採り過ぎちゃったの、ほほほ、私としたことが欲張って……」

とお菜の前垂れに移そうとする。

「あたし、別の場所も知ってるから大丈夫です」

「でも、たぶんここが一番早いし……地味がいいのか、他所《よそ》より香りがいいみたいね」

お英は、お菜よりはるかに詳しかった。それもそのはず、この近くに生まれ、ずっとそこに住んでいるのである。

「初物を食べると、寿命が延びるっていうでしょう。これは正真正銘、今年初めてのミョウガだからね、父様《とと》にたんと食べて頂いて、長生きしてもらいなさい」

と言ってお菜の前垂れの端をつまんで袋状にし、笊の半分ほどをザッと入れてくれた。採れたてのミョウガの香りに、お菜は噎《む》せ返りそうだった。

裾を払いながら、お英はふと訊いた。

「どう、お菜ちゃん、うちの旦那様、最近あじさい亭に顔を出しておいでかえ？」

正直なところ、最近鉄太郎はほとんど店に姿を見せていないが、こういう場合どう答えていいか、お菜は少し戸惑った。

「いえ、最近はお見かけしませんが……」

正直に答えた。

「ああそう。いえ、家にもあまり顔を見せないんでね」

と冗談ともつかずに言って、笑ってみせる。

「まあ、よほど忙しいんでしょうか」

思わずそう言うと、

「どうでしょう……」

とお英は笑い、お菜もついつり込まれて笑ってしまった。

「お菜ちゃんにも笑われるなんて、天下の剣豪も片なしだね。ほほほ。じゃ、また……」

お英は軽く会釈すると、首にかけていた手拭いをまた姉様被りにし、笊を抱えて、急な坂道をゆっくり上がって行った。

二

「へえ、あの御新造さんが、一人でミョウガ摘みに……」

お菜が前垂れに今年の初ミョウガを抱えて帰ると、徳蔵は少し驚いたように言った。

「いや、あの家なら、べつに珍しいこっちゃないッすよ」

と、ちょうど酒樽を運んで来た城西屋《じょうさいや》の手代喜助が、首に巻いた手拭いで汗を拭きながら、口を挟んだ。

「ま、鷹匠町あたりのお屋敷じゃ、どこも庭で畑をやっていなさるが、外の雑草まで摘みに出るのはあそこだけでさ」

「ミョウガはただの草じゃねえぞ」

と徳蔵が野菜を刻みながら言った。

「つまみにして旨えし、滋養になる。やみつきになったら、外まで摘みに出たとて、べつに不思議もねえだろうさ。それに昨今のお武家さんはやりくりが大変なんだ、どこも内職で、菊作りや朝顔作りに精をだしている。あのお屋敷だって、畑をやっていなさるんだろう」

たしかに山岡家の庭は、日当りのいい所は耕され、茄子《なす》、カボチャ、青菜などが育っていた。

「そりゃそうなんだがね、問題はあそこにゃ男手がねえってことだよ。鋤鍬《すきくわ》持つのは御新造だけで、旦那はあの通りだ、朝でも夜でも木刀を振り回していなさって……」

喜助は角張った顔をひしゃげクックッと笑った。いつか木刀を持たされたのを思い出したのだろう。

「馴れねえ女手だけじゃ、自家栽培にも限りがあらァね。外の空き地に生える草でも、アカザやタンポポ、食えそうな草なら片端から摘むんだそうでね。近所じゃ笑ってますよ、あの家の周りにゃァ草も生えねえって……」

「そういえば、喜助どん、酒代はどうなったんかね。しばらく掛取りにいかなかったそうだが」

徳蔵が、突然、そんな噂話を遮った。

「あ、まだですよ」

喜助は手を振った。

「いや、そりゃ少しずつはねえ。しかし次の注文がその倍くらい来るんで減らねえんだ……」

御新造が自ら、城西屋の名入りの貧乏徳利抱えて買いに来ることもある。また使いの者が来て、いきなり四斗樽《しとだる》の注文ということもあるという。

「何につけあそこはベラボウよ。断りゃァ前の分を払ってもらえねえってんで、注文されれば運んで行く。うちの旦那なんか、ぶつぶつ怒りながらもタクアン一本つけてやるから、呆れるよ。こう言っちゃなんだが、泥棒に追い銭ってもんさね」

「ははは……」

珍しく徳蔵が、顔を皺《しわ》くちゃにして笑った。

「そこが山岡様の人徳ってもんさ」

「何が人徳なもんか。……おや、親父っつあんも、あの山岡旦那にたぶらかされ、タクアン貢《みつ》いでる口かね？」

「ははは、まさか……」

「おりゃァ、不思議でなんねえよ、あそこの御新造、あんな貧乏暮らしに耐えるくれえなら、大名屋敷にでも奉公する方がよほどマシでねえかと……。見てて歯がゆいんだよ」

「ははは……誰でも得手不得手がある。喜助どんの思うようにゃいかんのさ」

徳蔵の言葉にお菜は笑い転げて、出て行く喜助を見送った。

お英のほっそりした後ろ姿が思い浮かんだ。あのお方がアカザやタンポポを摘む姿は思い浮かぶが、大名屋敷に奉公に出る姿は、どうしても想像出来そうにない。

この日の午後遅く、お菜はまたあの禿坂を上がって行った。

「お菜、これを御新造に届けておくれ」

と徳蔵に言われ、また山岡家に総菜を届けるのである。

かれは何を思ったか、お英から貰ったミョウガで、すぐに総菜を作り始めた。御新造に食べてもらおうというのである。

「いいかい、まずは初物ミョウガの御礼をよく言うんだぞ。次に、それを使って父がこんな物を作ったから、ほんの少しですがご賞味《しょうみ》ください……と」

そう言い含められ、まだなま温かい包みを渡された。

「……ご賞味って？」

と聞き返し、心の準備をする。

「味わってくだせえ……ってことだ」

「何が入ってるん？」

「ええと、ミョウガを炊き込んだ御飯と、ミョウガの和《あ》え物……梅干しとカツオ節で和えたもんだ。それと、お前の作った金時豆《きんときまめ》の煮豆も入れといた」

言われたとおり心の中で復唱しながら、お菜は息を弾ませて急坂を登った。

三

「……このままじゃ暮らしが立ち行かん」

不意にそんな言葉が耳に入ってきてお菜はビクッとし、足を止めた。

勝手門から山岡家の庭に入ると、どこからかボソボソと声が聞こえてくる。女の声だったから、お英だろう。

その声は縁側の方から聞こえたようだったから、何気なく畑を回り込んだところ、急に男の声が近くに聞こえたのだ。

ひそひそと何の話をしていたものか、突然きっぱりした口調になったようだ。

山梔子《くちなし》の茂みごしにそっと窺って見ると、縁側にあの御新造が膝を揃えて座っているではないか。そばに腰かけて、こちらに横顔を見せている偉丈夫は、隣家の主でお英の兄の高橋謙三郎と見受けられた。

かれは幕府の勘定衆であった。

その一方で〝刃心流槍術〟の宗家でもあったから、御城に出仕のかたわら、槍術家として築地に新設された講武所の指南役をつとめている。自分の屋敷でも、裏庭に作られた粗末な道場で門弟に教えていた。

山岡家と高橋家は親戚同士で、垣根ごしに往来する親しい関係、ということはお菜もよく知っている。お英の妹お桂などは、高橋家の二児の子守りを買って出て、そちらに入り浸っていた。

お菜はこれまで謙三郎を見かけたのはほんの二、三回で、その人をよくは知らない。ただ背丈は六尺豊かで上背があり、いかにも槍の宗匠らしい堂々たる体軀だった。

お英とよく似た面長な、品のいい顔立ちで、一度会えば目に焼き付いて離れない、印象的な風貌だった。

「……しがない御家人とはいえ、鉄ッつあんは幕臣《ばくしん》だ」

〝鉄ッつあん〟とは鉄太郎のことだろう。

どうやら深刻らしい、とお菜は息を呑み、体をすくめるようにして山梔子の茂みにしゃがみ込んだ。

「痩《や》せても枯れても幕臣ならば、幕臣らしい暮らし方があろうじゃないか。そう思わんかね」

「…………」

「お前も知っての通り、おれは鉄ッつあんが好きだし、尊敬もしておる。それはうちの御隠居も同じだ。あれだけの逸物《いつぶつ》はそうざらにはおらんと……。だが、それとこれとは話が違おう。鉄太郎という男は、常人ではないのだ。お前のような平凡な女には、到底添い遂げられんとおれは思うがな」

「……そうでしょうとも」

ようやく聞き取れるほどの細い声が続いた。

「たしかにあたしは何の取り柄もない女です。でも、この婚姻をお決めになったのは御隠居と、お兄様じゃございませんか」

「…………」

「あたしは、あの方のお顔さえ、ろくに見たこともないほどだったのに。でも〝あれはちと乱暴者だが、見所《みどころ》がある〟と御隠居は申されました。〝必ずや山岡家をもり立ててくれるだろう〟と、太鼓判を捺《お》したのはどなた様でしたっけ」

「うむ、たしかに……」

と沈黙が入った。

「たしかに鉄ッつあんを見込み、山岡家を継いでくれるよう頼んだのは、他ならぬこの愚兄だ。おれは千葉道場の師範代にまで口添えを頼んで、あれこれ画策した。何せあちらは六百石の旗本小野家の子息、山岡家は百俵二人扶持の小禄だ。そこの娘に婿入りしてもらうんだから……。ところが鉄ッつあんには、家が格下かどうかなど、何のこだわりもなかった。そんなことを気にする高橋家に、むしろ恨み言を言われたほどさ。正直、おれは感動したよ。亡き静山兄に代わって山岡家を継ぐのは、この男しかないと……」

「そんな大恩ある方に、今さら離縁してくださいと、どの口で言えますか」

お英はすかさず反撃する。

その静かな声を聞いて、お菜は深く呼吸した。盗み聞きという罪深さを消すように、空気が清々《すがすが》しかった。まだ咲いていないと思っていた山梔子が、どこかで綻《ほころ》んだのだろう、甘い香りが夕闇に溶けている。

「お前の言う通りだ」

ぼそりと兄が言う。

「しかし暮らしが立ちいかねえんじゃ、仕方なかろう……」

「貧乏暮らしには、生まれた時から馴れております」

お英の声が追いかける。

「父様《ととさま》が早く亡くなって、山岡家はずっと貧乏でした。母様が紙縄《かんじんより》をよったり、傘張りをなさるのを、私は手伝ってきましたもの。手習塾にも通わせてもらえず、字も書けなかった私に、字を教えてくれたのはあの方です」

「お英、お前が馬鹿か利口かおれにはよく分からんが、貧乏にも限度があるということだ」

謙三郎は少し声を荒げた。

「山岡家はたしかに昔から貧しかった。天才といわれた兄上が存命の頃は、特にひどかった。あの兄は、鉄ッつあん以上に無欲な人だったからな。しかしそれでも家財道具はあったぜ。四つある座敷には畳が入ってたし、天井には天井板があった。そんなことは、人が暮らすには当たり前じゃねえか」

「…………」

「ところが今はどうだ」

「…………」

「畳といえば、八畳の居間に三枚あるだけだ。家財道具と畳は、すべて質屋に入れたそうだね。壁も天井も、板という板はすべて剝がして、薪にしちまったそうじゃねえか。あれが人の住む家と言えるのか」

「………」

「おまけにどういうわけか、この家にはやたら客人が多い。皆がどんなに呆れ驚き、世間に向かって面白可笑《おか》しく吹聴《ふいちょう》してるか、考えたことがあるかい」

「世間様にどう言われても……」

「構わねえといえば、ま、それまでだがね。じゃ、もう一つ言わしてもらうなら、この庭はどうだ。山岡の庭は昔、近所でも庭木が多いんで有名だった。見事な梅の木が何本もあって、季節には梅干しや梅酒を作って人に配ったもんだ。それが今は見てみろ、あちこち掘り返され、木の切り株だらけじゃねえか。カシワから落ちるドングリは、兄弟でよく拾ったものだが、あれもいつの間にか切り株だけになっちまった。これが庭と言えるか！」

聞きながらお菜は思い出していた。

この庭には見事な柏《かしわ》の巨木があったのを覚えている。見事な葉っぱを樹木全体に茂らせたから、毎年柏餅の季節には近くの菓子屋が貰いに来て、幾ばくかの銭を置いていったという。

「この木はお金になるから、大切になさった方がいいですよ」

と菓子屋は親切に言ってくれたが、それがある時、切り株だけになってしまったのだ。

菓子屋の話を伝え聞いた鉄太郎が、何を思ったか、すぐその木を伐ってしまったというのである。

「樹木には、丹精してきた両親やご先祖の魂がこもっておる。木というものは、ただ立ってるだけじゃねえんだぜ。必ず何かしら、役に立ってくれているんだ。これまで両家の境にあって目隠しになってくれたし、我が家に涼しい日陰を作ってくれてもいた。それがどうだ。今は日陰も目隠しもない、丸坊主の庭じゃないか」

激高しそうになる声を鎮《しず》めて、静かに続けた。

「思い出ある木が次々と伐られて煙になるのを、おれが平気で見ていると思うか」

「…………」

「これは人の住む家じゃねえ。廃墟か……あえて言えば畜生の家だ。おれは正直なところ、垣根のこちらに来るのが憂鬱で仕方ねえ。この無惨な庭を見たくねえんだ」

「ごめんなさい、お兄様。あなた様のような方が、畜生の住むこんなあばら家にお入りになることはありません」

涙声でお英が言っている。

「この際はっきりと聞いておきたい。お前は食べるためのびた一文もなく、乳も出なくて赤子を失った。そんな亭主を、どう思ってるのか。金という金を、どこぞの遊び女《め》に入れあげておる亭主を、お前は許すのか」

「……未来永劫《えいごう》に許しません」

悲鳴のような声がした。

「おれだって離縁を勧めたくはねえさ。男としての鉄ッつあんには惚れてるんだ。しかし妹の亭主としては見ておれん。そう言うこの兄は人非人《にんぴにん》か」

「いえいえ、お兄様は立派なお方です」

ここで声が少し途切れた。

「いつも感謝しています。高橋の家には、過分にお世話になってきました。大事な庭を駄目にしてしまって、ほんとに申し訳ないと思ってます、でも……」

どうやら御新造は泣いているようだった。

お菜は体を縮め、どうしていいか分からずじっと目を閉じる。こういうのを修羅場《しゅらば》というのだろう。鼻先を掠《かす》める風に、山梔子の香りを強く感じた。

その時、謙三郎の立ち上がる気配がし、砂利を踏む下駄の音が近づいてくる。お菜は茂みの陰でさらに小さくなった。鉄太郎や謙三郎のような武芸者には、常人には分からぬものを感じ取る超能力が備わっているらしいからだ。

だが足音はやや離れた砂利道を、たぶん怒りにまかせてだろう、勢いよく隣家の方へ遠ざかっていく。

その音が垣根を越して行くのを待って、お菜はその場を離れ、気分を引き締めつつ玄関へ回った。

四

少し間を置いて、お菜は勝手口でおそるおそる声を掛けてみる。

「はーい、ただ今……」

奥でそんな声がして、少したって現れたお英は、いつもと変わらずにこやかだった。父徳蔵が、あのミョウガで総菜を拵《こしら》えました、と説明すると手を打ち、喜んで受け取ってくれた。

むしろお菜の方が息苦しく、強《こわ》ばった顔をしており、逃げるように山岡家の庭を出たのだった。

あの御新造様、どこか妖《あや》しい……というのがお菜の正直な感想である。常人とは思えぬ変幻ぶりではないか。

本心は奈辺《なへん》にあるのか……そう考え込んでいたせいか、門の方へ向かう途中、門から急ぎ足で入ってきた一人の侍と危うくぶつかりそうになった。

「申し訳ございません！」

とっさに謝ってそばをすり抜けた。だが文人らしい物静かな物腰から、強い熱線を放っているように感じられ、思わずつり込まれるようにチラとその顔を見た。

きりりとした細面《ほそおもて》で、眉目秀麗《びもくしゅうれい》だった。中背だが、よく鍛えたがっしりした体つきで、姿勢がいい。

年は……三十前後だろうか。

頭髪は月代《さかやき》をそらぬ総髪で、贅沢ではないが折り目のある袴をつけ、魚子《ななこ》の羽織を着、朱鞘の刀をさしている。

鉄太郎を初めとして、侍の多くはむさくるしくて、汗の匂いがするものだが、この人物には清潔感が漂い、上等な鬢《びん》つけ油の匂いが微かにした。

総じて柔らかく垢《あか》抜けていた。

何か考えごとをしていたらしく、桃割れを結った小娘など気もとめないふうに無視し、ゆっくりと門を入って行く。

その足取りからして山岡家は初めてではなく、何度も訪れているように見えた。

お菜はそっと振り返った。普通の武家屋敷の庭なら、木々や茂みに隠れて玄関は見えないものだが、この庭では丸見えだった。

男が玄関の戸を開くのを見ながら、お菜は考えた。

(あの人も剣豪に違いない)

だが鉄太郎とは違った種類の剣豪に思えた。この人の放つ空気に、お菜は何かしら、不吉なものを感じたのである
そしてどこか気になったこの人物と、お菜は再び出会う巡り合わせになった。


それから七日後の昼過ぎのこと……。

酒屋の喜助が店に顔を出した。珍しく、山岡家からの注文を伝えにきたのである。

「いま山岡様に酒を届けに行ったら、あじさい亭に注文を頼まれちまったよ。何でも七つ(四時)過ぎに、五、六人のお客が集まるそうだ。つまみの総菜を、適当に見《み》繕《つくろ》って届けてほしいと……」

それも鉄太郎から直々《じきじき》に言いつかったという。

近頃では珍しい注文に徳蔵は張り切って、その日の献立から何点か見繕い、ありあわせでさらに作り足して、お菜に持たせた。

鉄太郎の好物という蛸の太煮、ゴボウと芋の煮もの、イワシの南蛮《なんばん》漬《づ》け、ミョウガ飯、付け合わせにミョウガとキュウリの塩揉み……といった取り合わせである。

その包みを手に提げて、お菜は山岡家に向かった。

禿坂を上がり、大通りを渡って御簞笥町《おたんすまち》を抜けて行く。

ゆるい坂を上がって、そこから向こうに下れば播磨守《はりまのかみ》様のお屋敷に出るのだが、下らずに角を曲がって、山岡家に続く道を生垣に沿って進んでいく。

角を曲がった時、少し先を急ぎ足で行く侍が見えた。

紋付羽織を着ており、白い清潔な襟を出し、腰には朱鞘の刀をさして、背筋がぴんと伸びている。中背でがっちりした体格をしており、涼しい夕風にのって、上等な鬢付け油の残り香が微かに漂っていた。

(あの方だ!)

瞬時に分かった。

〝ぼんやり〟といわれるお菜だが、一度会った人は決して忘れぬ特技がある。その匂いや声が、五感に刻まれるのだ。

お菜は足を止め、門前で鉢合わせしないよう間合いを計った。その後ろ姿を見送り、山岡家の門に吸い込まれていくのを確かめた。

そうか、今夜のお客はあのお侍様だったのだ。

しばらくしてお菜はゆっくりと門の前を通り過ぎ、勝手門に近づいた……。とその時、いきなり表門の陰からあの侍がヌッと現れたのである。

「娘、この近くで会うのは二度めだな」

「え……」

お菜は仰天して、すぐには言葉も出なかった。

先日はそ知らぬ顔で通り過ぎたし、先ほどは一度も振り返らなかったはず。なのに、なぜ分かったのだろう。まるで背中に目がついているようではないか。

「つけていたか」

「ち、違います！」

首を絞められたような声を発した。

「あたし、この屋敷の出入りの煮売屋でお菜と申します。どうか山岡様にお確かめください」

「…………」

男はお菜のあどけない顔を鋭い目でじっと見て、すぐに表情を和らげた。用心が過ぎたと恥じたらしい。

「すまなかった」

あっさり言った。

含羞《がんしゅう》の漂う微笑を浮かべ、さあどうぞお入り……というしぐさをしてみせる姿は、なかなかの好男子だった。

だがお菜は相手から目を離せない。

つけていたか、と言われた一瞬、ギラリと目前で刀刃が光ったように思えたのだ。

その時、お菜の五感を掠めたものは、何か〝危険〟を告げていたように思う。

まじまじと相手を見つめる、子どもにありがちな一途《いちず》な視線が眩《まぶ》しかったのだろうか。かれは柔らかい笑みを浮かべたまま顔をそらせ、スタスタと玄関に向かって歩き去っていく。

(不思議な人……まるで真綿にカミソリを隠しているような)

鉄太郎のような人と親しいのであれば、やはり変人なのだろうと改めて思った。この人物が来るからと、あの貧しくて食うや食わずの山岡家が総菜を取り寄せたのである。

鉄太郎がかれに、一目《いちもく》も二目も置いていることが想像された。そうした関係とは、どんなものなのか。

そんなことを考えてぼんやり立っていると、庭の奥から声がした。

「お菜、こっちこっち……」

目を上げた先は、隣家との境の菱目垣の枝折り戸《しおど》だった。

そこに立って手招きしているのは、お英の妹のお桂である。お菜より少し年上で十七、八か。面長なお英とは違って丸顔のせいか、どこか愛嬌があり、性格もおきゃんだった。

謙三郎の妻のお澪《みお》がこの春に二人めを生んだが、お桂はその子守りを買って出て高橋家に入り浸っているらしい。山岡家に居つかずに、あちらで食事をすませ、お澪のお古をもらって、実家の不如意を補っているという噂だった。

「あの方とそこで何を話してたの」

とお桂が興味ありげに訊いた。

「いえ、何も……」

お菜は慌てて首を振った。

「でも、知り合いみたいだったけど？」

「いえ、全然知らない方です……」

とあるがままを説明すると、

「ふふ……キヨカワ様らしいお話だこと。剣豪って、背中にも目がついてるんだから、気をおつけ」

とお桂は首をすくめて笑った。

「キヨカワ様……というんですか？」

「ええ、そう、清河八郎《きよかわはちろう》様。鉄兄様には、千葉道場の先輩にあたる方みたい」

「ではやっぱり剣豪ですか」

「ええ、北辰一刀流はたぶん免許皆伝でしょう」

と頷いて、誇らしげな口ぶりで言う。

「でもね、あのお方が凄いのは剣だけじゃないの。二十五歳の時から清河塾を開いていなさるんだからね。そこじゃ剣と学問の両方を、一人で教えておられる大変な方です」

そのキラキラした美しい目を見て、あれ……とお菜は思い、つい見とれてしまった。

（お桂様は、キヨカワ様にお熱……？）

清河八郎は、この時三十歳だった。

出羽国《でわのくに》庄内《しょうない》の産である。

五

清河の生家は造り酒屋で、庄内藩の御用金を調達するほどの、城下で一、二の豪商だった。その嫡男八郎は、幼少の頃から才気煥発《さいきかんぱつ》の秀才で、神童と噂されたという。

十代終わりには、実家の財力に任せて全国を漫遊し、二十歳の頃から江戸に遊学した。

玄武館《げんぶかん》で北辰一刀流の剣を磨くかたわら、全国の秀才の集まる昌平坂《しょうへいざか》学問所などで勉学に打ち込み、剣と学問を一人で教える〝清河塾〟を開くに至る。

その一方でこの年の初め、尊王攘夷の壮士を募って、いささか過激な秘密結社を立ち上げた。虎尾《こび》の会という。いずれ〝虎の尾を踏むことも辞さぬ〟という意味である。

ただこの頃はまだ尊王攘夷は一般的だったたし、〝倒幕〟は前面に打ち出していなかったから、鉄太郎ら千葉道場の門人にも共鳴する者がいた。

会員は十五名を数えた。

それが二月のことだが、その一か月後に起こった井伊大老襲撃事件に大いに鼓舞《こぶ》され、清河は意を強めたのである。

「〝安政《あんせい》の大獄《たいごく》〟を作りだした井伊は、暗殺されてしかるべし」

と襲撃を肯定し、我らも遅れまじと、このところ〝虎尾の会〟の活動を活発にし始めていた。

……そんな背景などつゆ知らぬお菜だが、かれの放つ空気の中に、何か危険の匂いを嗅ぎとったのである。

小石川鷹匠町の山岡家を足しげく訪れるところを見ると、鉄太郎とは肝胆相照《かんたんあいて》らす仲と思わざるを得ない。すなわち友情や思想で結ばれているに違いない。

「あ、これが注文のお惣菜ね」

とお桂は、腕に抱えたままのお菜の包みに目を留め、奪うように手に取って匂いをかいでいる。

「美味しそう……お代は？」

「中の経木《きようぎ》に書いてあります」

すると帯の間から小さな紙包みを出して、お菜の手に押し付けた。

「これじゃ足りないと思うけど……」

「いえ、あの、お代は月末にまとめて取りに上がります」

「どうせたくさん溜まってるんでしょ」

とお桂は笑った。

「これはいいの、私が子守りをして頂いたお小遣いだから。ご苦労さんでした」

お桂は言って、そのままいそいそ山岡家に入って行く。

千代紙の包みには、一朱銀が四枚包まれていた。

縁側の方からはすでに賑やかな話し声が聞こえてきて、どっと男達の笑声も漏れてくる。もう数人の男たちが集まっているだろう。

お菜はしばらくそこに佇んで、耳をすませた。

「……や、お桂さん、しばらくしばらく」

「……酒だ、酒だ」

「今やわれらの志は……」

暮れなずむ中、ざわめきは膨らみを増し、庭に漏れる灯りを包む闇は濃くなっていくようだ。やっと歩きだしながらお菜は、そんな賑わいを何かしら遠い国のことのように思った。

蛙《かわず》の鳴き声が誘われるようにそれに重なった。

ミョウガが出盛《でざか》りになって、お菜は大忙しだった。

まだ薄暗いうちに起きて摘めるだけ摘み、その足で隣町の八百屋まで売りに行くのだった。大急ぎで駆けて行き、出窓で総菜を売る時間までに、駆け戻ってきた。

売り上げは雀の涙だが、小遣いが少しずつ増えるのが楽しみだ。

小さな楽しみがもう一つあった。同じようにミョウガを売りに行く少年と仲良くなったこと。去年あたりから顔を合わすと、やあと声をかけ合っていたが、今年は軽い立ち話をするまでになり、名前も教え合った。

かれはケンと名乗った。いつも背負いカゴに沢山摘んでいて、気前よく分けてくれる。よく採れる穴場や、高く買ってくれる八百屋について、教えてくれたりもした。

だがひと月ほどでいつも、お菜はこの小遣い稼ぎを止めてしまう。

雨の季節に入るからで、雨の中では摘みに出るのも売りに行くのも難かしい。

そんな雨の中、紫陽花が美しく咲き始める。

今年は雨が多かった。そんな大雨が前日まで降り続け、カラリと晴れ上がった翌日の昼下がりのこと——。

高橋家の従僕兵次郎がひょっこり店に現れた。

「おや、兵さん、どうした」

徳蔵がすぐ声をかける。

背の低い固太りの若者で、足が速く、いつも走っていた。実直な性格だったから、連絡係を仰せつかることが多いのだ。いつも腰を落ち着けず、今も暖簾から顔だけ出して、誰も客のいない店をきょろきょろと見回している。

「遠慮せんで中へ入ェンなよ。入場料は取らんから」

「いや、これからちょいと他所《よそ》へ回らなくちゃ……。ただ、山岡の旦那様は奥におられんよな？」

「ご覧の通りだ。この時間にゃ滅多に来なさらん。お屋敷で探していなさるのか？」

「そう、ここしばらくお帰りがねえんだよ」

「うーむ、うちにもお見えでない」

「最近は何やらお忙しそうで、これからお玉が池に行かなくちゃなんねえ」

お玉が池には千葉道場があるが、清河の家と塾もそこにある。鉄太郎はそのいずれにも入り浸っているらしい。

「もし万一行き違って、こちらに顔を出しなすったら、寄り道なさらずお屋敷に帰るよう伝えてくれんか」

「もちろんだが……何かあったのかね」

と兵次郎の言葉に重ねて、徳蔵が言った。

「うん、いや、ここだけの話だがね、御新造様の具合がちょっと良くねえんだ」

「えっ、どうなさったんですか？」

と少し離れていたお菜が耳ざとく反応した。

「なに、心配するほどのことじゃない。今はお桂様が付き添っていなさるし……」

「風邪とか？」

「うん、まあ、風邪かもしれんが」

「何だよ、兵さん、水臭えな。まあ、ちょっと入ェりなって」

「いや、それがね……」

とかれは辺りを見回し誰も客が来ないのを見計らって、やっと中に足を踏み入れた。

「軽軽には言えん。ここだけの話にしてもらいてえが、山岡の御新造が今朝、川にはまったんでさ」

「え、川に……？」

徳蔵とお菜が同時に声を上げた。

「そりゃまた、どういうこって？」

「それが、ご当人は何も言いなさらねえ。ただ臥《ふ》せっておられるんで、事情はよく分からんのだ。偶然に通りかかった若い衆が助けてくれたんだそうでね。その連中の話から、御隠居やお桂様があれこれ想像しておいでだ……」

若い衆は、今朝五つ（八時）頃、千川《せんかわ》（小石川）にかかる橋を渡っていたところ、その下の岸にずぶ濡れでしゃがみ込んでいる女人をみつけた。驚いてそばに駆け下り、訊いてみると、

「一人で橋を渡っていて足を滑らせました。川に落ち溺《おぼ》れそうになったけど、何とか岸に上がりました」

と説明したという。

「それ、どこの橋？」

お菜がとっさに訊く。

「ほれ、猫股橋《ねこまたばし》だよ」

「猫股橋……？」

お菜は声を上げ目を大きく見開いた。

高台の鷹匠町から北へ向かい、播磨守様のお屋敷の方へ下ると、敷地の下を川が流れている。

千川と言い、玉川上水《たまがわじようすい》を水源とする上水（用水路）で、千川田んぼといわれる田園地帯をぬって流れ下っていく。播磨屋敷の対岸には、小石川養生所《ようじようしよ》がある。その少し上流にかかる小さな橋が〝祇園橋《ぎおんばし》〟といい、さらにその上流の川辺りにかかるのが〝猫股橋〟である。

その両岸には葦《あし》が生い茂り、土手には木々が繁茂していて、人里離れていかにも淋しい所だった。

長さ二間半（二メートル五〇センチ）、幅三尺（九〇センチ）。何の変哲もないただの古い板橋である。こうした欄干のない橋は沈下橋《ちんかばし》と呼ばれ、危険ではあるが、洪水などの時は水にもぐって、押し流されるということがないのだ。

ただその猫股橋には昔から古い妖怪伝説があって、土地の者にはよく知られ、恐れられてもいたのである。〝猫股〟とは、長生きし過ぎて妖怪となった猫のことを言う。

だがここに出てくるのは古狸だった。

その橋の近くに白い狸が棲みついていて、夜な夜な赤い手拭いを被って踊り、橋を渡る人を惑わすというものだ。

その昔、ここを通りかかった若い僧侶がその猫股に化かされ、川に引きずり込まれた、という伝話がある。

だが実際には、そんなおどろおどろしい話とは裏腹に、夏はドジョウがとれ、蛍《ほたる》がよく飛んで、人気の場所なのである。

特に子どもにとっては、肝試《きもだめ》しをする胸ときめく夏の夜の遊び場で、お菜も暑い夜は夕涼みがてら、近所の子らと連れ立って出かけて行くのだった。

「……雨上がりで橋は濡れていたし、あの大雨で川の水が増水していたようで、足を滑らせると大いに危ない」

と兵次郎が言う。

すると徳蔵が問うた。

「しかし猫股橋とは、ずいぶんへんぴな場所じゃねえかね。お英様は、なぜそんな所へ一人で行きなすったんだか」

「さ、そこなんだがね……」

兵次郎が息をついで、少し言葉を途切らせる。

「それについちゃ今も言ったような次第で、御新造は何一つ説明なさらんのだ」

ここで徳蔵が湯呑に酒を入れてその前に置く。兵次郎は手刀《てがたな》を切って、啜るように一口呑んで続けた。

「ただ運が良かった。たまたま橋を通りかかったのが、駕籠かきの若い衆だったというからさ」

朝帰りの旦那衆を送った帰りの空駕籠で、駕籠屋の多い陸尺《ろくしゃく》町まで帰るところだった。

駕籠かきの一人がその女人の家を問うと、鷹匠町という。鷹匠町は御家人屋敷が多く、馴染みの深い町だった。ちょうど帰り道だしさして遠くもない。

「ちょっくら乗ってくれってんで、相手が断るのを無理やり乗せて屋敷まで送り届けたらしい……」

たまたま家にいたお桂が、駕籠かきからそんな事情を聞き出した。すぐに高橋家に駆け込んで金を借り、帰りがけだからと固辞する若い衆に無理やり謝礼を渡したという。

「お桂様が高橋のご隠居に話していなさったのを、チラと聞いたんだがね。ここだけの話だが、自害のし損《そこな》いらしい……」

お桂の話では、鉄太郎はここしばらく家に帰っていなかった。

その間に掛取りが何人も来たが一文も払えず、金に変える質草《しちぐさ》もなかった。鉄さんはどこにいるのかと、お英はひどくふさぎ込んでいる様子だったという。

「まあ、ぶっちゃけ、そんなところだ。ともかく御隠居が、えらくご立腹でねえ」

と兵次郎は酒を飲み干して言った。

「何が何でも山岡の旦那を探し、〝首に縄をつけても連れて帰れ〟と、きついお達しなんだ。幸い大事に至らなかったからいいが、これが現実になっちゃ、山岡家ばかりか高橋家も世間に顔向け出来んようになると……。まあ、そんなわけだ。もし旦那様が入れ違いに寄られたら、親父っつあん、よろしく頼んだよ」

兵次郎が出て行くと、店は急に静かになった。

六

「お父っつあん、あたし、ちょっと出かけてもいい？」

それまで黙って聞いていたお菜が、何か考えついたように急に言いだした。

「……やめれ」

と徳蔵は言った。

「もしかして御新造の見舞いじゃねえのか」

「違うよお父っつあん」

「いいか、こんなこたァ、何も知らねえ顔でやり過ごすのが礼儀ってもんだ」

「見舞いじゃないって。ちょっと気になることがあるんだ」

言いつつ、下駄を走りやすい草鞋《わらじ》に履き替える。

「お客がたて込む時間だぞ、早く帰れ」

「言われなくても分かってるって……」

この口答えに呆気《あっけ》にとられる徳蔵を尻目に、お菜は店を飛び出して行った。

お菜の頭に、先ほどのやりとりが鳴っていた。

「もしかしたら、死のうと思って、ふらふら家を出たんじゃねえかと……。お桂様がそう言うと、あの頑固者の御隠居や、高橋のお澪様までも頷いておられたんだ」

「じゃ……初めから自害覚悟で家を出なすった？」

と徳蔵までが言いだした。

そんなはずがあるわけない、大人はいい加減なことばかり言う、とお菜は考え口にも出して呟いた。

およそ半刻（一時間）後、お菜が息を切らして戻って来た時はもう夕暮れで、意外にも店に鉄太郎がいた。

すでに徳蔵から事情を聞いたらしく、湯呑に残った酒を一気にあおって、外に出ようとするところだった。そこへお菜が顔を出し、肩で息をしながら鉄太郎を見上げた。

「あの、おじさん……」

　とお菜が声をかけると、

「お菜、山岡様はいま急いでいなさる。くだらん話でお引き止めしちゃなんねえぞ」

　と徳蔵が叱りつける。

　だが開け放した戸口ですでに暖簾に手をかけていた鉄太郎は、その手を止めて振り返り、義理堅く言った
「なんだ、菜坊。えらくゼイゼイしておるが、どうした」

「あたし、猫股橋まで行って来たんです」

「猫股橋……」

　鉄太郎は、ギロリと大きな目をむいた。

「何でまた？」

　その時、客が一人入ってきたので、お菜と鉄太郎はどちらからともなく店の外に踏み出した。外はもう薄暗く、湿った甘い草の匂いがした。

「あたし、とても不思議だったもんだから」

　と言いつつ、お菜はまだ肩で息をしている。

「いえ、お英様が橋から落ちなさるなんて。いくら六尺の狭い橋でも、普通に通れば、滑ったり落ちたりしないでしょう……。一体どういう状態ならば落ちるのかしらって、それを確かめたくて見に行ったんです」

「ほう……」

かれは少し驚いたらしく、大きな目をさらに大きくしてお菜に向けた。

「で、何か分かったか」

「ええ」

大きく頷くお菜の目には、橋から見渡した、おどろおどろしい夕景が浮かんだ。雨のせいで川は音をたてて流れ、川岸の葦が急に繁茂していた。

「一つ分かったことがあります。やはり橋まで行ってみて良かったと思います」

考えてみれば梅雨の頃の猫股橋に行くのは、ほとんど初めてだった。降り続いた雨で、見慣れていたより水量が多く、すぐ下の橋桁《はしげた》を勢いよく洗っていた。水深は深いと聞いており、逆巻く濁流で川底は全く見えない。

足を滑らせれば、恐ろしいことになりそうだった。

両岸は暮れなずみ、その湿地には葦や雑草が丈高く生い茂って、〝猫股〟がふと現れそうな気配である。

だがお菜の目を引いたのは、橋すれすれに枝を伸ばして咲く、ひとむらの紫陽花だった。

店の前の紫陽花も美しいが、こんな人里離れた湿地で、養分をたっぷり吸いあげて咲く紫陽花は、色の鮮やかさや花の大きさが違う。藍色はより濃く、花も一回り大きくて、息を呑むばかりだった。

花に手を伸ばして手折《たお》るには、お菜では少し距離があった。だが大人なら、少し手を伸ばせば届くだろう。

そう説明したお菜は、ようやく結論を口にした。

「それなら足を滑らせても不思議はないでしょう。お英様は、あの紫陽花を摘もうとなさったんだって……」

「そうか」

大男の鉄太郎は突っ立ったまま、なおもぎょろりとした目で、小さなお菜を見下ろしている。いかにも小娘らしい稚《おさな》い結論と思ったものか、口元を引き締め、恐い顔を崩さなかった。

「よし、分かった」

とぶっきら棒に言って、そのまま行き過ぎようとする。

「ううん、おじさん、分かってない」

「お菜、いい加減にしろ」

気にして聞き耳をたてていたらしく、徳蔵の声が飛んで来る。

「そんなことより外に出て、空を見てみれ。もうすぐ満月のはずだがな」

お菜は肩をすくめ、そのやきもき声を無視して続けた。

「……今朝は、久しぶりに雨が上がったんだもの。誰だって出かけたくなります」

「………」

「お英様は普段から、ミョウガや薬草にお詳しくて、この辺りをよく歩き回られてるんです。きっと今日もそうだったんじゃないかと思います」

「うむ、そうか」

かれは相変わらずぶっきらぼうに頷く。

お菜は苛立った。

口下手で、いつも伝えたいことの半分も言えない自分がもどかしい。本当は、山岡家の庭で盗み聞きしたことが、どっしりと胸に居座っているのだった。

兄の謙三郎に離縁を勧められ、お英はきっぱりとそれを退けたのだ。御新造はあの時、何を兄に伝えたかっただろう。

まだ生娘《きむすめ》で、男女のことには疎《うと》いお菜だが、

「離縁という形では鉄太郎との縁が切れるものではない」

とお英は訴えているように思われた。

「それほどこの縁は強いもの……」

と言っているように、お菜には感じられるのだった。

そんな気丈で葦のようにしんなりしたお英が、生活が苦しいからと、自害なんかに走るはずがない。

お菜にはそう思われ、周りの人たちの考えが信じられなかった。

それにあの〝清河八郎〟なる人物が、最近のあの家の空気を少し変えたように思われるのは間違っているだろうか。

どう変わったかまでは摑めない。

だがかれが山岡家に出入りするようになって、少なくとも活気づいたのは確かだろう。年頃のお桂が色っぽくなったし、総菜の注文が来たし、そんなこんなであの家すなわち御新造が、何となく明るくなったようだった。

どうやら鉄太郎は、清河八郎の手引きで政《まつりごと》に情熱を傾けるようになっているらしい。

そんな中で、〝死〟にたいなんて思うものだろうか。

話をきくうち漠然とそんな疑問を感じ、疑問は確信に変わって、お菜は一目散《いちもくさん》に猫股橋まで走って、自分の考えを確かめてきたのである。

「おじさん、これからお屋敷に帰られたら、きっと皆様からいろいろ言われますよ。でもお英様は、紫陽花を取ろうとして足を滑らせたんです。皆さんにそう教えてあげて……」

「ふむ、分かった」

鉄太郎は無表情のままで、言った。

「いずれにせよ、あれに何ごともなかったのだ。いのち冥加なことよな」

「…………」

少し行って、ふとかれは足を止めた。

「そうだ、これを一本もらって行くぞ」

と言って、色とりどりの紫陽花の茂みに手を入れたのだ。

かれが数ある中から手折ったのは、夢見るように淡く空のように青い一本だった。

そのまま振り返りもせずに、時雨橋を渡っていく。

鉄太郎の大きな背を見ながら、お菜は呟いてみる。

（いのち冥加……）

どこかで聞いたようなありふれた言葉だ。

山岡家で盗み聞きした話のあれこれがお菜の胸に甦《よみがえ》り、胸が一杯になった。

気がつくと月が昇っていた。もう姿が見えなくなった時雨橋を眺め、満月に近い月を見上げてお菜は思った。

（おじさん、分かってんのかしら）

第三話　木漏れ陽の下で

一

蝉が鳴き始めた日の午後――。

フラリと店に入ってきたのは、年のころ三十三、四に見える中肉中背の、なかなか端正な男だった。

待ち合わせの相手がいなかったか、期待したような店でなかったのか、少し浮かない難しげな表情で店内を見回した。

だが帰るふうもなく、ゆっくり酒樽に腰を下ろした。

紺の駒絽《こまろ》の着物に軽い夏羽織をはおり、袴の腰には大小をさし、まだ真新しい下駄をはいていた。

（この店に来るお客じゃない）

　とっさに徳蔵とお菜はそう思い、軽く目を見合わせた。

　この店に立ち寄るのは、半纏、腹がけ、股引《パッチ》の職人や、はしょった裾の下に汚れた臑当《すねあ》てをつけた人足が多く、羽織や袴をつけた人はほとんど来ないのだ。

　だが徳蔵は相手の様子を見計らって、いつもどおり言った。

「いらっしゃい、何にしますか」

「酒をまず一杯」

「肴は何を……」

「何か見繕ってくれ」

「へい」

　場違いな客だったが、やりとりは短く、余計なことは言わない。

　かれは出された酒を黙って呑み、徳蔵が適当にとりわけて出した総菜を、何も言わずに口に運んでいる。

　開け放った戸口からは草の匂いと、涼しい風、そして蛙《かわず》の鳴き声が入ってくる。紫陽花はあらかた枯れたまま残り、一部にまだ少し咲き残っているが、空はすでに夏空、空気にはむっとする草いきれが溶けていた。

何人か店に入ってきたが、場違いな客がいると見ると、駆けつけ一杯で出て行く者や、総菜を買っていくだけの客ばかりで、誰も座ろうとしない。

だがかれは気にするふうもなく、そばにあった団扇《うちわ》をパタパタやって静かに呑み続ける。何杯めかを注文した時、ふと暖簾が割れた。ヌッと顔を出した大男は、山岡鉄太郎だった。

「やあ、手塚殿、お待たせしてすまん」

大きな声でかれが言うと、手塚と呼ばれた先客は、いやいや……と手を振ってみせた。相当待たされて怒り心頭《しんとう》のはずだが、愉快そうに笑っている。

「いや、ちょうどいい具合に酒が回ってくる頃合いだ」

「ここはすぐお分かりだったかな」

「ああ、これだけ紫陽花の茂みがあるからね。花の盛りの頃はさぞ見事だったろう」

「ふむ、で、どうです」

「いや、なかなか……」

そんな隠語めいたやりとりで二人は笑いあい、入れ込みの畳に席を移して、新たに呑み始めた。

後から徳蔵に紹介したところでは、その客は小石川三百坂下に住む蘭方医の手塚良庵だった。かれが、近くの鷹匠町の住人鉄太郎を酒に誘い、奢る約束をしたという。

女色にかけては両人とも人後《じんご》に落ちないが、酒においては、鉄太郎がダントツの酒豪である。そんな噂を聞き及んで、良庵は恐れをなし、へたな所に連れてはいけぬと考えた。

そこであらかじめ、どんな所がいいか確かめたところ、

「安くて旨くていいコがいる店」

と鉄太郎は答えたのだ。

「なるほど、それはもっともだが、どこにそんな店があるか、心当たりがあるかね」

「うん、ある、時雨橋の〝あじさい亭〟だ」

というような次第だったのだ。

聞いたことのない店だが、その名前からして粋筋の料理茶屋だろうと良庵は勘違いした。めかしこんでいくのも気恥ずかしいから普段着にし、せめて下駄だけは新しくして行くことにして、張り切って出かけて来たのだった。

この煮売酒屋に一歩入って、初めてかれは、鉄太郎の悪戯《いたずら》に気づいた。だがそしらぬ顔で酒を注文し、総菜をつつき始めるうち、あながち〝一杯食わされた〟わけではないと思い始めた。

たしかに安くて旨いし、なるほど〝可愛いコ〟がチラチラと奥から顔をのぞかせている。

ここには談論風発の喧《やかま》しい壮士《そうし》の類《たぐ》いは来ないようだし、色気で稼ごうと手ぐすね引いている徒《あだ》な姐《ねえ》さんもいない。

ここは鉄太郎の〝隠れ家〟なのだと思い当たり、隠れ家に招くほど心を許してくれたことに気を良くし、機嫌よく杯を重ねていたところである。

何も知らぬお菜は、裏の方からそっと覗いて思った。

(あのお方が手塚良庵先生……?)

〝江戸で一番の蘭方医〟という鉄太郎の宣伝文句《ふれこみ》によって、その名は徳蔵もお菜もよく知っていた。とはいえお目にかかるのは初めてである。

手塚家は代々〝良仙《りょうせん》〟を名乗る医者の家系だった。

父良仙はまだ現役の産科医であり、嫡男良庵は大坂の緒方洪庵《おがたこうあん》の適塾に学んで、外科医の道に進んだ。いずれは〝良仙〟を継ぐことになろう。

「山岡さん、今度のことでは世話になりました」

向かい合うと開口一番、良庵は言った。

「うちの親爺も喜んでますよ」

「いやァ、何をまた……」

頭を下げられて、鉄太郎は狼狽《ろうばい》したように言った。

「おれは何もしちゃおらんよ。ただ何であれ、奢ってもらえるのは大いに結構だと……」

「いやその通り。まあ、ともあれここは大船に乗ったつもりで……」

そこへ徳蔵が総菜を運んで来たので、最後まで言い終えぬまま二人は笑いだしたのである。

良庵は、幕臣の鉄太郎とは顔見知りだったが、呑むのは初めてだ。

たまたま先日、伝通院《でんづういん》近くでばったりと会った時、

「そうそう、例の件、どうやら本決まりになりそうですよ」

と鉄太郎が告げた。

「え、では種痘所は……」

と良庵は相好《そうごう》を崩した。

〝例の件〟とは、種痘所の設立を巡って長きにわたる難題である。

種痘所。それは天然痘撲滅のために、どんなに待たれてきた治療所だったか。

ところが漢方医の反対が強く、幕府の賛同が得られなかった。

「牛の疱瘡《ほうそう》を人間にうつすとは、南蛮かぶれの狂気の沙汰」

とかれら考証学派は世人の恐怖をそそったが、ジェンナーの発見したその予防法は、もう何百人もの命を救っている。

そこで蘭方医八十二名の寄付を募って、一昨年、お玉が池にやっと創設されたのである。だがその汗の結晶の種痘所が、わずか半年後、町内の火事で焼けてしまったのだった。

すぐに下谷《したや》和泉橋《いずみばし》に仮設されたが、その再建に向けては、蘭方医の側から猛烈な陳情が幕府に対してなされた。

そもそも種痘所は、今や天下国家の機関であるべきだと。

そうした努力が、一歩ずつ実を結んでいったのだ。

まずは種痘所の再建が認められ、御上の援助が決まった。

続いてこの春には〝蘭学禁止令〟が解かれた。

その次には幕府直属の機関とされることが、決まりかかっていたし、その名が〝西洋医学所〟と改称されることも検討中だった。

「そうです。まだここだけの話だが、細部の調整がつき次第……たぶん夏までには公表されるんじゃないかな」

「そりゃァめでたい！」

良庵は声を弾ませ、今にも小踊りしそうだった。

〝前祝い〟にこれから一献いかがですか、とその場で呑みに誘ったが、鉄太郎に所用があったため、後日改めてということで、今日に至ったのである。

良庵の心には、自分たち蘭方医の長い苦難の記憶が甦っていた。

このお江戸では、将軍の御体に触れる漢方医が幅をきかせている。

ペリー来航のはるか以前から、蘭方医を〝南蛮かぶれ〟と激しく攻撃し、讒言《ざんげん》、嫌がらせ、脅しを繰り返してきたのだ。

その争いも、ついにわれらの側に軍配が上がりそうな所まで漕ぎつけたので、その吉報をいち早く届けてくれた鉄太郎に、一杯奢りたくなったわけである。

「……もうすぐ夏だねえ」

良庵は鉄太郎の湯呑に、夏までの時間を計るように、何杯めかの酌をしながらしみじみ言った。

「しかし〝調整中〟ということだが、まだ考証学派の抵抗でひっくり返る可能性もあるのかな」

「うーん、まあ、それはどうですかね」

鉄太郎は首を傾《かし》げて苦笑し、酒をあおった。

「あのお歴々は、どうも、時流というものを知らんので困る。敵を蹴落とそうといってまで躍起になったところで、とうに勝負はついてるんだから。おれのように潔《いさぎよ》く認めちまった方が、ずっといいと思うがね」

かくいうかれも、少し前まで、気《い》を養うという漢方の心得を重んじ、蘭方医を遠ざけていた。

だいたい千葉道場には水戸藩士や、旗本の子弟が多く来ていて、夷狄《いてき》を嫌う尊王攘夷の気風が強かった。道場につきものの怪我の治療も、漢方系がすべてだった。

ところが二年前の五月初め、鉄太郎はお玉が池の千葉道場に向かう途中、ある光景に出くわしたのである。

勘定奉行川路聖謨《かわじとしあきら》の屋敷前にさしかかった時、ふと足を止めた。

この邸内に〝種痘所〟が新設されたばかりで、門前に幟《のぼり》や看板が賑々《にぎにぎ》しく立てられている。

（ここがそうか）

と思って見ていた時、その近くで一人の男が浪人者らしい一団に囲まれ、詰《なじ》られているのが目に入った。どうやら囲まれているのは蘭方医らしく、懸命に声を張り上げている。

「……日本にやって来る外国人は、この国の人間の顔面に、天然痘痕が多いことに驚くそうだ。種痘が義務づけられている外国人には、〝あばた〟は見られない。日本人にこれだけ目立つのは、医療が遅れているからだ、それは国の恥である！」

「南蛮かぶれのお前こそ、国辱《こくじょく》ものだ！」

口々にヤジが飛び、礫《つぶて》をぶつける者までいた。

「聞け！」

とかれは怒鳴った。

「今や種痘は万民に必要不可欠のもの。種痘所を官立とし、お上が強制して実施するべき筋合いのものだ」

「血迷ったか、手塚良庵！　今に良仙と良庵、親子揃って牛になるぞ」

手塚家では、父の良仙も、娘婿の大槻俊斎《おおつきしゅんさい》もまた蘭方医であり、種痘所の設立のため一家をあげて運動していた。

「ははは……人間に牛の膿《うみ》を植え付ければ牛になると？　今どきそんな世迷い言をぬ

かすあんた、そうあんただよ、脳が天然痘に冒されておるのは……」

「お前、夷狄の手先になって、幾らもらった？」

「いいか、芋医者ども、しかと聞け！」

手塚良庵と呼ばれた医師は、こぶしを振り上げる。

新緑の枝を透かして降り注ぐ木漏れ陽が、その端正な顔に、緑の影を落として揺れている。その顔は熱弁に燃えて初々《ういうい》しく、一途《いちず》な真情が溢れていた。

「あんたら医学館のお歴々が詰めかけながら、なぜ十三代様は早逝《そうせい》なされたのか？脚気《かっけ》という病いを治せなかったからだ。遅れているからだ。今どき脚気を治せぬ医者など無用の長物、御城に巣食う穀潰《ごくつぶ》しのネズミだ！」

「やっちまえ、ウオッ……」

と異様なかけ声がして、数人が飛びかかって行った。

刀を振り回す者もいたが、かれらは急に押し戻されていた。

先回りして、鉄太郎が飛び込んで行ったからだった。かれは決して刀は抜かない。素手で刀を叩き落とし、怪力でつまみ上げ、放り投げるのである。

「鬼鉄だ、逃げろ！」

そんな声がした。このお玉が池界隈の剣遣いで、鬼鉄の名を知らぬ者はいない。ばらばらと群れは崩れた……。

新緑の色さながらに青ざめて、木漏れ陽の下に立ち尽くすその蘭方医もまた、この剣豪の怪力乱舞に見とれていた。

鉄太郎の顔にも、木漏れ陽の光と影が揺れていた。

この時からかれは、蘭方医の主張の正しさを信じたのである。

二

それから数日たった暑い午後だった。

鷹匠町の山岡家で騒動が起こった。

あじさい亭に来た客と、山岡家出入りのご用聞きの話をまとめると、こういうことになる。

「頼もう……」

玄関先でそう呼ばわる野太い声がした時、お英は内職の紙縄作りに没頭していた。

ある質屋から請け負っているもので、この紙縄は質物を縛るのに使う紐だった。さして高額にはならないが、食費の足しぐらいにはなる。

玄関に出ようか出るまいか、お英は一瞬迷った。というのも、たった一枚しかない着物を洗って裏に乾してあるからだった。着替えはないため、腰巻きひとつで内職に励んでいたのである。

だが居留守をつかっても、玄関に鍵はかけていないから、しつこく迫られるだろう。

「はい、ただ今……」

とりあえずそう答えて、大急ぎで裏の物干まで走り、まだ生乾きの湿った着物を竿から外して、その場で着込んだ。

大慌てで襟元を直しながら出てみると、浪人ふうに見える屈強そうな男が三人、立っていた。

「お待たせ致しました、家内でございます」

お英が額を床にすりつけてお辞儀をすると、三十五、六の痩身で総髪の男が言った。

「わしは川内善次郎《かわうちぜんじろう》と申す医師でござるが、山岡先生にお目にかかりたい」

「あいにく山岡はただ今、留守をしております。もし差し支えなければ、ご用件を承りますが……」

「ふむ、お帰りはいつ頃になられるか」

「申し訳ございませんが、分かりかねます」

「失礼ながら、あんた、ほんとに御内室ですかね」

川内善次郎は、お英をじろじろ見て、急にぞんざいな口調になった。この妻女の身につけている色の醒めた浴衣は、濡れているように見える。肌に張り付くのか、しきりに襟元や腰回りを引っ張ったり叩いたりしているのだ。

「はあ。ですが山岡のことは全く分かりませんのです」

「ふむ、では待たして頂こうかの。遠方から参ったことだし、ここはちと暑い……」

言って川内は扇子を取り出して仰ぎながら、背後を振り返る。

すると巨漢で頬髭が濃い二十六、七の男が進み出て、毛虫眉を上げ太い声を発した。

「みどもは高畠主税之助《たかはたちからのすけ》と申す者。先生に申し上げたき儀がござるによって、ぜひとも待たして頂きたい」

「はあ……お待ち頂くのは結構でございますが、帰らないことも多いので無駄になるのではと……」

「いや、自分は釜藤維盛《かまふじこれもり》と申す医者だが、ぜひとも待たしてもらいたい」

紋付に袴を身につけ、坊主頭でずんぐりした入道めいた男が進み出て言う。

「ですから何度も申しますように、せっかくお待ち頂いても、かえってご迷惑をおかけしましょう。それでは申しわけございませんから、お手間ですが、今日はお引き取り頂き、日を改めてお出かけくださいませ」

この山岡家には、こんな訪問客が少なくない。

攘夷論者だの剣豪だのと名乗り、何かしらの理由をつけて面会を申し込んで来る手合いだった。鉄太郎が連れて来た浪人者らが、再訪してくることもあった。

お英は大抵の場合、顔も名も知れぬそうした若者達に春風のように接し、有り合わせで何かしら食べられる物を作って振る舞うのを常とした。

だがこの三人組は見るからに胡散臭《うさんくさ》く、若くもない。こんな連中に上がり込まれては、いささか気が重かった。しかしかれらは聞く耳持たぬ様子である。

「ごめん……」

総髪の川内善次郎が先に立って雪駄《せった》を脱ぎ捨て、裸足《はだし》で上がり込んだ。他の二人がそれに続いた。

「あの……」

お英は濡れて肌にくっつく浴衣の襟をあおりながら、そのまま見送った。

止めるのも構わずにガラリと正面の襖を開けた川内は、一瞬息を呑んだ。この広い部屋には畳が三枚しか敷かれていない。開け放されているその向こうの部屋には、畳が一枚もなく、床板がむきだしになっている。

かれは何を思ったか仲間と頷きあい、ずかずかと畳に上がって胡座《あぐら》をかいた。三人がそれに続いて座り込んだ。

お英は三人をやり過ごし、玄関に脱ぎ捨てられた下足《げそく》を揃えるふりをして、式台に下りる。

たぶん鉄太郎は今夜も帰ってこないだろう。

同居人の妹は朝から高橋家に行ったきりで、夕飯を食べてからでなくては帰って来ない。

謙三郎の帰りもよく分からない。だが裏手にある高橋道場からは、いつものように、ヤアッという槍の突きの声がしきりに聞こえてくる。道場には門人がいるし、そのそばで御隠居が稽古を見ていよう。

その誰かに来てもらおうと考えたのだ。

「あ、御新造、どこに行きやる」

目ざとく一人が気がついて、声をかけてきた。

「いえ、お履物の整理でございます……」

「そんなもんはどうでもええ、勝手に動いてもらっては困る。こちらに入って、座っていなされ」

釜藤が立って来てお英を部屋に引き入れ、襖をピシャリと閉めた。お英は床板に敷いたゴザの上に座り、かくて三人の男との睨み合いが始まったのである。

(この人たち、何をする気だろう)

とお英はしきりに頭を巡らした。まさか金が目当てではないだろう。そんなことはこの家では不可能だと、とうに気づいていなければおかしい。

(では何が目的なのだ)

「御新造、山岡先生は最近、何を考えておいでか、一つ教えて頂きたいのですわ」

と川内が扇子を使いながらおもむろに言う。

「尊王攘夷を口にされながら、先生は、西洋かぶれの蘭方医に親しんでおいでだ。種痘所の再建にも協力されたそうだが、毛唐の医学にそれほど肩入れなさるとは、いかなるお考えか」

「……私には、難しいことは分かりかねます」

「では御新造、もう一つ申しあげよう……。つい先日ですが、先生は名の知れた蘭方医と呑み歩き、内藤新宿《ないとうしんじゅく》あたりの岡場所に繰り込んで、御乱行だったそうですぜ。いいえ、でたらめじゃない、ちゃんと見た者がおるのです」

と釜藤が言い立てた。

「他人様《ひとさま》のことは言いたくない。しかし聞くところによれば、先生はあの連中から〝袖の下〟を貰って、私腹を肥やしていなさると……いや、あたしが言うんじゃねえ、世間の噂ってやつですよ。〝貧すれば鈍する〟と、古い言葉もあるようにね。いやしくも講武所の剣術指南のお立場で、鬼鉄ともいわれるお方が、それでは示しがつきませんぞ」

「……お言葉ですが、それは違います」

お英が珍しくはっきりと言った。

「山岡は剣術指南ではなく、世話役と聞いております」

「…………」

「それと、山岡が貧しているのはたしかでございますが、鈍してはおりません。私腹をこやしているかどうか、この家をご覧になれば分かりましょう」

「これはまた……」

思いがけぬ反撃に、川内が声をあげて笑った。

「いえ、冗談ではございませんよ」

お英は切れ長な目を吊り上げて、相手を睨むように見た。

「鈍してくれたら、もう少し私どもの暮らしも楽になりましょうに。山岡はあの通りの変わり者で、貧が気にならないのです。むしろ貧を極めようとさえしているようで……」

「おやおや、こりゃまたお説ですな」

「いえ、そういう人なのです。誰が言うとも知れぬ〝世間の噂〟なんぞを頼りに、そのようなことを言いなさっても、無駄でございますよ」

お英には、やっとかれらの目的が読めていた。

今夜の鉄太郎の帰りが遅いのを初めから見越して、留守番のお英に嫌がらせしに来たのであろうと。

「ははは、きついお言葉で……。こちらの御新造は、旦那のこともよく弁《わきま》えておられぬようですな。あ、いえ、褒めておるんです。見渡す限り家具一つないこの家に住みながら、なおかつ弁護なされるとは、これこそ貞女の鑑《かがみ》というものだ」

「然《しか》り然り……」

と皆は膝を叩いて笑った。

「あの、これ以上お待ちなさるなら、どうかごゆるりとなさってくださいまし。私はあちらで家事がございますし、お茶なども入れて参りましょう」

「あいや、お構いなく」

と釜藤が襖を背にして立ち塞がった。

「ここにいてくだされ。どうしてもここから出られたくば……」

とかれは少し言いよどみ、にやにやして言った。

「そうですな、ここでカッポレでも踊って頂きますかね。それも裸でな」

どっと笑い声が渦巻いた。

だがその時お英はふと耳を済ました。鳴き始めた蟬の声に混じって、勝手口に男の声がしたのである。

「ちわ……城西屋でございい……」

と唄うように呼ばわるその声は、酒屋の喜助どんだ。

「御酒の御用はござんせんかァ」

一瞬、三人の険しい視線がお英に集まった。

三

前垂れに、裾を尻はしょりにした喜助は、隣の高橋家まで注文の酒を届けに来た。

その時、山岡家の庭に入っていく男達の姿を見たのである。三人は少し前からこの辺りをうろついていて、喜助はそれを別の場所でも目撃していた。

家を探しているのかなと思っていたが、その連中が山岡家に入って行ったとなると、その人相風体《ふうてい》が少し引っかかった。

「お隣は、もうお帰りですかね」

勝手口に出て来た謙三郎の妻お澪に、酒樽を運び入れながら、何気なく訊いてみた。

お澪は美人の誉れ高く、引く手数多《あまた》の噂の娘だった。

それが十六で謙三郎に見初《みそ》められ、相思相愛で高橋家に嫁入りし、一男一女を生んだ幸せな女性である。今は、ほとんど一日中襷がけで立ち働く、評判のいい嫁になっていた。

「鉄さんならまだでしょうけど、何か……？」

お澪は軽く言った。

「いや、今、お客さんが入っていったんでね」

「はは一ん、だからお酒の注文を取りに行こうってわけ？　ほほほ、さすが抜け目ないこと」

そんな大らかなやりとりで高橋家を出たが、帰りがけ山岡家の前を通りかかる時に、ふと足を止めた。

庭を覗くと、玄関の戸は閉まっていて、静かだった。

庭には木らしい木もないのに、どこかで蟬が鳴いていた。

いったんはその前を行き過ぎた。そもそも勘定が溜まる一方なので、あまり御用聞きには行かないことにしている。呑みたければ向こうが来るだろう。だが澪とかわした言葉が甦り、ちょっと声をかけてみる気になった。

連中が帰った気配はなさそうだ。とすれば、客として座敷に上がっているのか……であればいずれまとまった酒の注文がくるかもしれぬ……。

勝手門から勝手口に回ってみると、中からたしかに男の声が聞こえてくる。やっぱりお客はまだいるのだ。

迷いながら少しの間そこに佇んでいたが、ダメモトで声をかけてみようと思った。

「ちわ……城西屋でござい」

戸を細めに開けて、唄うように言った。

「御酒の御用はござんせんかァ」

するといきなり、思いがけぬお英の声が飛んで来た。

「喜助どん……御隠居を呼んで来ておくれな。私はこれから裸でカッポレ踊ることになったから、みんなに見てもらいましょ」

「はっ？」

喜助はのけぞった。

御新造は狂ったか、と一瞬思った。

だが〝裸でカッポレ〟など、お英の口から出てくる言葉ではない。何か尋常ならざることが、家の中で起きているのではないか。

さすがに呑気《のんき》な喜助もそう判断し、真っ青になった。

その時、しんと静まっていた室内で、何やらドーンと倒れ掛かるような音が聞こえた。

かれは飛び上がり、走りだした。

「御隠居様、御隠居様……大変だ！」

叫びつつ、両家の家族だけが通る枝折り戸を飛び越し、道場に向かって力走した。

ただちに祖父義左衛門が、槍を抱えて表玄関まで駆けつけた。

その時、玄関の戸は大きく開かれ、中から三人が飛び出して来たところだった。

脱ぎ捨てられた大きな雪駄と下駄は乱雑に転がったままで、男たちは裸足だった。

「あいや、待たれい！」

白髪頭の義左衛門は、呼ばわった。

破《わ》れ鐘《がね》のような大声だった。

白い筒袖の稽古着のままで、袴の股立《ももだ》ちを高くとり、自分で樫《かし》を削って拵《こしら》えた一尺五寸の練習用木槍を抱えている。

道場から飛び出してきたから、その背後には同じ稽古着の門弟が数人、手に手に稽古用のタンポ槍を携えて、鉢巻きに襷がけ姿で続いていた。

「それがしは山岡家の外祖父、高橋義左衛門にござる。あいにく当主山岡が不在なれば、それがしが承《うけたまわ》ろう。何用で参られ、なぜにここの妻女がカッポレを踊るのか、その理由をとくと聞かしてもらいてえ！」

眉も口髭も白いが、目玉だけは黒々して、炯々《けいけい》とした光を放っている。

「ええい、年寄りなんぞに用はないわ、また出直して参る」

先に門に向かっている釜藤を追いつつ、山内が捨てゼリフを吐いた。

それが御隠居を怒らせた。

「おう、そっちに用はなくとも、こっちにゃあるんだ。男がいねえのを見計らい、おんな子どもに狼藉《ろうぜき》を働くたァ、風上《かざかみ》にもおけぬ腰抜けどもめが！　そんな疫病神《やくびょうがみ》にまた出直されても迷惑至極《しごく》の厄介千万《やっかいせんばん》、ここらで腕の一本もへしおって、二度と来られぬようにして進ぜよう」

「口のへらねえジイさんだ。お手前こそ、老骨を折らんよう引っ込んでおれ」

だが先回りした門弟らに行く手を阻まれ、釜藤は刀を振り回した。

「ええい、どけどけどけ……！」

そこへ追いついた川内とともに門弟らに囲まれ、槍と剣の乱戦となったのである。

たださすがに二人は、こうした出入りには馴れていた。

引き替え若く実戦経験のない門弟らは、どこかこわごわしていて、槍先で打つのが精一杯だった。二人は隙を狙って囲みを破り、命からがら庭から逃げ出していた。

だがあの頬髭の高畠主税之助が、玄関前で隠居に摑まった。

義左衛門は老いてなお赫奕《かくえき》とし、意気軒昂《いきけんこう》だった。

隠居はしても、毎朝毎晩の数突き千本を欠かさなかったし、謙三郎不在の昼間は、今も師範席に座って稽古を見ていて、腕の鈍《なま》りなどまるで感じていない。

今も、一人だけは仕留めて、泥を吐かせる心づもりだった。

一方の高畠は、腕に覚えのある剣の遣い手として雇われた、にわか用心棒だ。山岡家でこそほとんど口を開かず、後ろに控えていたが、隣家から隠居がおっとり刀で駆けつけてからは、仁王のように踏み止まって奮戦していた。

仲間二人を先に逃すのを、自分の仕事と心得ていたのだ。

かれはこの老人が刃心流八代目とは、つゆ知らない。いかに押し出しのいい相手とはいえ、こんな爺さんに負けないだけの腕に自信はあった。

そこで挑発に乗って抜刀したと見せかけるため、刀を下段につけてわざと隙を見せた。こうして相手の槍を誘い込み、一気に胸元に飛び込む算段だった。

だが老人は木槍をピタリと構えて、全く動かない。

年寄りのくせに小癪千万《こしゃくせんばん》、と高畠は少し焦り始めた。

突いてくる槍を払ってその中軸をとらえ、剣の切っ先を相手の鍁首へ突きつける……そんな段取りは見えている。

だが相手はいっこうに動かず、その指南用槍の先が妙に大きく見えてくる。この金縛り状態から抜け出さなければまずい、と思った瞬間だった。

稲妻の速さ鋭さで槍が突きかかってきて、かわそうとする間もなく、瞬時に刀は飛ばされていた。

刀が飛んだだけではない。高畠の腕は相手の強力に堪え切れず、無理な形でグニャリと捻《ねじ》れたまま、その場に倒れ、それからの記憶はなかった。

四

高畠が目覚めたのは、どこかの家の台の上である。

だがだんだんに知った。そこはどこかの家などではなく、手塚病院の手術台の上であると。

不思議に痛みが消え、今ははっきり覚醒していた。戸板に乗せられて運ばれながら激痛に呻《うめ》き、歯を食いしばったのが嘘のように思い出される。

「手塚病院に行くぞ」

殺せ殺せ……と喚《わめ》いた時、そこにいた誰かにそう言われたような気がするが、よく覚えていない。

「漢方医にしてくれ、でなければ殺せ」

と何度も喚きたてたのは切れ切れに思い出す。

「気がついたか……」

と白い手術着の医師が覗き込んでいた。

「念のためだが、自分の名前が言えるかね？」

「わしは高畠……主税之助……」

かろうじて名を言い、放心したように天井を見た。

「わたしは蘭方医の手塚良庵です。あんたの右腕はケンが切れ、即刻手術をしなければならん。だがどうやらあんたは漢方医が希望らしい。であれば、そちらに行っても構わんよ。わたしはどちらでもいいが、どうするね？」

「手術……」

かれは太い眉を上げ、呟いた。

「……しなければ？」

「なに、止血も痛み止めもしてあるから、死にゃあしない。腕が使い物にならなくなるだけだね」

「…………」

かれは目を閉じた。

右腕に大怪我をしているのに、不思議なことに痛みがない。これこそが西洋医学というものの、威力に違いない。

結構だ、と初めてかれは思った。西洋医学、大いに結構ではないか。何故これまで異を唱え、突っ張ってきたのだろう。

魂が吹っ飛ぶようなあの痛みを何とかしてくれるなら、メリケンでもエゲレスでもいいじゃないか……。

実は、あの釜藤や川内の厚顔無恥《こうがんむち》な振る舞いにも、内心辟易《へきえき》していたのである。

「蘭方医から賄賂をもらって企み事をする佞臣《ねいしん》がおる。これから懲らしめに行くから、付き合え。報酬ははずむ」

そう言われて、用心棒として雇われた。

だがやったことといえば、あの通りだ。

高畠は水戸藩の藩医の次男に生まれたが、漢方薬の匂いのたちこめる家が嫌になり、医者修行を口実にして江戸に出てきた。

浅草向柳原《むこうやなぎわら》にある漢方医養成所『医学館』に通ったが、そのかたわら直心影《じきしんかげ》流の道場で剣を鍛え、水戸脱藩浪士らとつるんで尊王攘夷の運動に加わっていた。

しかし金のためとはいえ、今日のあの槍の老人に腰抜け呼ばわりされた時、目がくらむほどの屈辱と怒りを覚えた。

むろん老人に対してではない、あの二人の情けない態度にである。川内も釜藤も一《いっ》家言《かげん》あるのなら、あの隠居と一戦交える覚悟で、物申すべきではなかったか。

二人とも似たような環境で、代々奥医師を輩出する多紀《たき》一族のはしくれだった。かれらは漢方医としての先細りの将来に、強い危機感を抱いている。

だがもう漢方は時代遅れなのだ、これからは西洋医学を学び直すしかなかろう……

とかれは思った。

「手術を……」

とかれは低い声で言った。

「手術を望むのかね」

「……望みます」

一度声に出してみるとすっかり安堵した。

そうだ、そういうことだ、どうしてこれまで言えなかったのだろうと思うと、急に快い眠気に襲われて目を閉じた。

「……あっしが通りかからなけりゃ、あの家はどうなってたやら」

あちこちから褒められ、おひねりまで貰って頬がゆるみっ放しの喜助は、その頬を紅潮させて言った。

「真っ先に異変を知り、助けを求めて道場に飛び込んだのは、この喜助だぜ、親父っつあん」

「ふむ、お手柄だったな、喜助どん」

徳蔵は、まな板で野菜を刻みながらにやにやして言った。

「まあ、呑みねえ。勘定はいいよ」

「有り難てえ。ま、しかし、あの御隠居は聞きしにまさるね。半分までしか聞かねえうちに、袴の裾を上げ槍を抱えて、走りだしたんだ。あの年じゃなかなかの豪気だよ」

「それはそうだが、肝心の御新造様はどうなったんだ？　見かけによらず、お俠《きゃん》なお方じゃねえか」

と客の一人が言った。

「え、ああ、御新造ね……」

喜助は一杯あおって頷いた。

「うん、そりゃ、あっしが救い出したさ」

それは嘘だった。実を言うと喜助は、高橋家の庭から騒動を見物しており、お英のことを思い出したのは全てが終わってからだった。

室内に踏み込んだのは門弟の一人で、その話によれば——。

お英はどこかから出してきた兄静山の愛槍を小脇に抱え、茫然と立っていたという。

それはただ一つだけ質には入れなかった兄の遺品だった。五尺六寸（一七〇センチ）ある長槍で、盗まれたり質に入れたりしないよう、奥の部屋の長押《なげし》に縛りつけてあったのだ。

その話を聞いて、ありし日の静山を知る昔の門人らは、

「槍を携えた御新造様は、色白で秀麗だった静山先生の御姿を、さぞや彷彿《ほうふつ》させたろう……」

などと口々に言って懐かしんだ。

だが喜助はそんなことは知らない。おまけにいつになく、気が大きくなっていた。

「ここだけの話だがな、御新造様は床に座り込んで茫然として……腰を抜かしていなさったんだ」

「へえ、鬼鉄の奥さんが？」

とざわめきが走った。

「ほんとかね、喜助どん」

徳蔵が疑わしげに目を上げて言う。

「そうとも、この目で見たんだ。悪党どもにタンカを切っても、やっぱり女だァね」

他ならぬ目撃者が言うのだから、それ以上疑う者はいない。

客たちは皆頷いたり、首を傾げたりしながらてんでに茶碗酒を重ねている。

だが出窓でせっせと総菜を売っているお菜は、背中でその話を聞きながらひとり思った。

(あのお方が腰を抜かすなんて、あり得ない)

鉄太郎が寄ってくれるのを心待ちにしていたが、たぶん今日は来ない気がした。

「さて、そろそろ帰らなくちゃな……」

喜助は呟いて、少し遠慮がちに言った。

「その前に親父っつあん、もう一杯いいかね」

しきりに谷あいで蟬が鳴いている。

第四話　秘伝 眠り猫

一

(今日のおじさんは何だか機嫌悪そう……)

チリンと軒先の風鈴が鳴り、のっそり店に入って来た鉄太郎を一目見て、お菜は思った。

「いらっしゃい！」

とお菜が元気よく声をかけても、反応がないのだ。

いつもなら、挨拶とも独り言ともつかぬ言葉を何かしら返して、空いている席にどっかりと腰を落ち着ける。だが今日はむっつりと押し黙って、のろのろとどこか大儀そうに、その大きな体を運び入れた。

（どうしたのかしら）

戸惑いつつ、竈の前にはり付いている徳蔵の顔を窺うと、とっくに鉄太郎の異変を察しているように、白いものの混じった眉を微妙に動かして合図した。

「そっとしておけ」

とお菜は読んだ。

徳蔵が手早く酒の支度を整える間、お菜はそれとなく鉄太郎の様子を窺っていた。かれは黙然として何ごとか思案しているようだ。

そのうち卓上に置かれていた箸を両手に持つと、丁々発止《ちょうちょうはっし》としきりに動かし、ブツブツと何か呟いている。どうやら箸を剣に見立てて、ひとり試合をしているように見える。

いつの間にか何人か客が入っていて、そんな鉄太郎の異様な様子に気がつき、見てみぬふりしてみたり、こっそり頷いて笑い合ったりしているのが分かる。

お菜が徳利をお盆に載せて運んで行っても、かれはしきりに箸で右から左に打ち込んでみたり、箸を跳ね上げたりしていて、まるで気づかぬ様子だ。

「お、じ、さ、ん！」

思い切って声をかけると、初めてびっくりしたように顔を上げた。

「なんだ、菜坊か。どうした」

どうしたじゃないでしょ、とお菜は呆れた。

自分の世界に没入し過ぎて、〝あじさい亭〟にいることを一瞬忘れてしまったらしく、ひどく意外そうにまじまじとお菜の顔を見つめている。

いきなりそんなひたすらな視線を受けて、お菜はどぎまぎした。今までこんなふうに、鉄太郎と間近に見つめ合ったことなどないし、またそんなことはあるはずもない。

それにしても……とお菜は思うのだった。間近に見るおじさんの目の、何ときれいで澄んでいることだろう。何だか不思議な発見をしたような気がした。

「あ、すまんすまん」

鉄太郎はふと気づいて、照れくさそうに表情を和らげた。

「ちと考えごとをしておってな……。そうだった、菜坊、おやじに田楽《でんがく》を頼んでおくれ」

「あーい、田楽一丁！」

お菜は奥に向かって注文の声を発しながら、自分まで理由もなく照れくさくなって、小走りにその場を離れた。

体内で何か熱い火玉でも破裂したように、鉄太郎はぼうっとしている。何もかもに腹が立ち、むしゃくしゃしてならなかった。

実はこの日の午後――。

講武所でちょっとばかりハメを外し、狼藉《ろうぜき》を働いてきたのである。なぜそういうことになったのか、それがどうにも得心がいかず、そこがまたもどかしい。

ちなみに講武所は、安政《あんせい》元年（一八五四）、幕府が旗本や御家人およびその子弟のために設置した武術訓練所である。剣術、槍術、砲術にわたって一流の武芸者が、一流の指南を授ける最高の機関……のはずだった。

鉄太郎もここで剣術の教えを受け、その技量が抜群だったことを見込まれ、二十一の年から〝世話役〟に任じられていた。助手とか准《じゅん》教授といった役どころである。

ところがその講武所も、初めこそ皆は日本一の武芸所と気負い立っていたが、六年が過ぎたこの万延元年には、もう掛け声ばかりだった。

訓練を受ける旗本子弟のなまくらぶりは、目に余った。

この頃の江戸では、浪人者が溢れていて不穏だったから、護身のために武芸を習う町人で町道場は活気があった。だが講武所では……。

旗本の子弟は、戦《いくさ》のない時代が続いた気のゆるみと、これからは剣より銃だという読みが重なって、武芸にあまり熱意がない。

しかし鉄太郎はもともと、千葉周作道場で〝鬼鉄〟の異名を取った剣客である。自分にはもちろん他人に対しても、稽古は鬼のように厳しかった。

それは講武所にいても同じことで、その指導ぶりは語り草になるほど峻烈《しゅんれつ》を極めていたのだ。

ところが年々入ってくる訓練生たちは、ただ形をなぞるばかりで、背骨がシャンとしていない、魂というものが入っておらぬ。

それをまた、朋輩《ほうばい》の世話役らは黙って見逃していた。

職務怠慢を指摘すれば、二言《ふたこと》めには〝だんだんに……〟という言葉が返ってくる。

そこには〝誰もが鬼鉄になるわけじゃないから〟という含みがある。

今日も打ち込みの稽古の最中、ただ形式的に竹刀《しない》を動かすだけの訓練のなまぬるさに、我慢ならなくなった。そのくせ若い門下生は、〝講武所ふう〟と言われる髪型や服装を気取って江戸の町を歩き、若い娘たちの熱い視線を誘っている。

これでいいのか、天下の講武所の訓練がこれでいいのか。

これまで押さえて来たそんな憤懣が限界に達し、一気に噴き出したのだ。やおら鉄太郎は、両手に握っていた木剣を、相手の喉元を狙う諸手《もろて》突きの構えをとり、

「やあッ……！」

という大音声《だいおんじょう》とともに、道場の羽目板めがけて突きかかった。

木剣はズブリと、厚さ一寸（三センチ）の欅《けやき》の羽目板を突き抜けていた。

あまりのことに、道場の一同は度肝を抜かれて固まっている。

シンと静まり返った中に、鉄太郎の一声が轟きわたった。

「本日の稽古はここまで！」

そのままかれは道場を飛び出してしまった。

その足で立ち寄ったのが、〝あじさい亭〟だったのだ。

二

かくて鉄太郎は、煮物と酒の匂いが染み付いた猥雑《わいざつ》な煮売屋で手酌で酒を重ね、箸の〝一人試合〟に興じている。

内心あの狼藉を恥じ、自らに問うているのだった。

（剣の道となると、なぜおれはこうも狂気になってしまうのか）

朋輩らが言うように、誰もが剣の道を極めようと思っているわけではない。大抵の者にとって、〝武士のたしなみ〟の一つだろう。

（だがおれは違う）

（剣は生きることそのものだ）

思い見れば、この年まで剣一筋の人生だった。

九歳の時、生家の小野家に近い大川端の久須美閑適斎《くすみかんてきさい》から、直心影流の指南を受けた。それがそもそもの始まりだった。

すべての基礎をそこで学んだように思う。

父が幕府直轄地の飛騨高山に郡代（行政官）として赴任してからは、高山の神社の境内にある修武場で稽古に励んだ。

めきめき腕を上げる息子のため、父は、たまたま京に逗留していた千葉周作の高弟井上清虎を高山まで招き、個人指導を頼んだのである。

鉄太郎はそんな父親の期待に応え、井上の厳しい稽古にもへこたれず、北辰一刀流の真髄《しんずい》を吸収していった。

父が没したのは、かれが十七歳の時だ。

江戸に帰ると、井上の世話で千葉道場に入門し、寝ても覚めても剣術漬けの日々が始まったのである。

千葉道場や講武所だけでは飽き足らず、名のある剣客と聞き及ぶと、片っ端から歴訪して他流試合を挑んだ。

江戸三大道場と称される〝練兵館《れんぺいかん》〟や〝士学館《しがくかん》〟にもしばしば出向いて、指導を受けた。

自宅を訪れる客でさえ、ちょっとでも腕が立ちそうと見るや、いきなり防具を持ち出し、

「一本お稽古を!」

と試合を挑む。

御用聞きや、掛取りの若い衆にまで竹刀を持たせ、

「どこからでも打ち込んで来い」

と強要することがあり、誰も寄り付かなくなった。それればかりか払えないからあんな芝居をうつ、と下世話な憶測まで呼んだ。

〝諸流の壮士と共に試合すること、その数幾千万なるを知らず〟

と後に自ら書き記したとおり、尋常ならざる熱中ぶりだった。

最も凄まじかったのは、二十四歳、すなわち昨年成し遂げた〝七日間立ちきり千四百面〟という荒行《あらぎょう》であろう。

それは七日間にわたって、朝から晩まで休みなく続く稽古で、剣の修行者には恐れられていた。

その期間中は毎日、明け六つから七つ半（午後五時）まで、昼食と厠《かわや》の時間を除いて道場にひとり立ち続け、十人以上の朋輩が、入れ替わり立ち替わり次々と立ち向かってくるのを相手に、一日に二百回の試合をこなすのである。

相当の猛者《もさ》でも、三日めくらいで脱落してしまうのが普通だった。

全身の痛みで布団から起き上がれなくなったり、食べ物も受け付けなくなってしまう者が続出した。

ところが鉄太郎だけはそんな荒行を貫徹し、千四百回の試合をこなしてなお、涼しい顔をしていた。かれは少しも疲労や衰弱を感じず、むしろ爽やかな達成感に包まれたのだ。

問題は、その先にある。

それほどまでに剣の道に邁進《まいしん》しながら、何故まだ自分の剣に得心がいかないのかということだ。

「おれはまだ、自分の殻《から》を破れていない」

と思う。これだけ数え切れないほどの剣客と立ち会って来ても、身も心も屈服させられ新境地に導いてくれる〝師〟と、未だ巡り合っていない感が捨てきれない。

求める剣の奥義《おうぎ》は、すぐ手の届く所にあるようでいて、実ははるかに遠く、触れることも出来ない。

それがかれにはもどかしくて堪らない。朋輩や訓練生が総じてなまくらだから、さらに腹が立つのである。

(何故分かってくれない?)

(なぜ真摯《しんし》に己れと向き合おうとしない?)

そんなこんなでむしゃくしゃし、ついに爆発してしまったのだ。

……そう思い至ると、やっとかれは落ち着きを取り戻した。やっと箸を置いて、酒のお代わりをした。

新しい徳利を運んだお菜は、かれに血の色が甦ったのを感じた。

ほっとして引き返す時に、一人の男が戸口に立っているのに気がついた。着流しに一本差しという浪人姿の若者である。

「御免」

とかれは大きな声で言った。

煮売屋でそんな挨拶は滑稽《こっけい》だったが、かれは大真面目である。

内心笑いながらも、おや……とお菜は思った。人の顔を一度見たら忘れない特技があって、その若者に微かな覚えがあったのだ。

そうそう、少し前、あの清河八郎という身なりの立派な侍が、やはり〝山岡さんはいないか〟とここに訪ねてきたことがあった。その時ついてきて、背後に立っていた若者ではないか。

「ここに、山岡鉄太郎殿はおられるか？」

またひどくでかい声で言う。

「山岡はここだ」

奥で、ちょうど茶碗を口に運ぼうとしていた鉄太郎が、無愛想に応じた。

「そんな大声出さんでもこの広さだ、聞きたくなくても聞こえるさ」

「は、これは……」

と若者は恐縮した様子で言いながら、鉄太郎の前に立った。

「おぬし、どうしてここが分かった」

「いえ、初めお宅に伺ったのですが……御新造様が出てこられ、〝あじさい亭〟に行ってごらんと言われたのです」

その語尾に東北の訛《なま》りがあった。

「ああ、なるほど。……それで？」

「実は……」

若者は急に声を潜めて、囁くように告げた。

「清河先生が至急、塾の方までお越し願えぬかと」

「そうか、分かった」

言うが早いか、鉄太郎は茶碗を置いて立ち上がった。

「おやじ、馳走になった」

徳蔵にひと声をかけるや、若者と連れ立って慌ただしく店を出て行った。

（急用って何だろう）

お菜はいつにないそぶりを怪しみつつ、徳利と、ほとんど手がつけられていない総菜の皿を下げようとして、忘れ物を見つけた。

さっきまでかれが腰を下ろしていた酒樽の上に、何度も読まれたと見てとれる手垢《てあか》がついて擦りむけた表紙の本が、無造作に残されていたのである。

この本にはお菜も見覚えがあった。

鉄太郎がいつも懐に収めていて、店にいても時々大事そうに取り出しては読みふけっている、あの本に違いない。

細かなことにはこだわらず、万事に大らかなこの人物が、この本にだけは妙に神経質にこだわっていたようだ。

人に見られたくないのか、決して置き去りにすることはなかったばかりか、読んでいるところへお菜が何か運んでいったり、誰か客が隣に座ったりしても、開いていた本を急に閉じたり、慌てて懐にしまい込んだりするのを何度も目にしている。

それを忘れて行くなんて……。

やっぱり今日のおじさんはちょっと変だ。

まだ間に合うかもしれないから走って追いかけよう、とお菜が本を手にして戸口に向かった時、突然あの大男がどかどかと駆け込んで来た。

「おじさん、これでしょ」

お菜がすかさず本を差し出すと、かれはぜいぜい荒い息をしながら頷いたが、すぐには言葉も出ない。忘れ物に気づいて一心不乱に駆けてきたのだろう。

「そうだ……うん、すまんすまん」

と切れ切れに繰り返して受けとり、

と本を懐にねじ込んで、また店を飛び出していく。

この嵐のような一幕に、店にいた客も徳蔵もお菜も、みな呆気にとられて見送った。

「菜坊、すまんな」

三

翌日は朝から雨だった。

軒先まで這い上った朝顔の蔓が、たっぷり水を吸って、さらに穂先を宙に跳ね上げている。花は数えるほどしか咲いていないが、晴れたら蕾がどっと開くだろう。

だが今日の客足はひどく鈍かった。

お弁当のおかずにするため、毎朝、出仕前に買って行く常連の御家人だけだ。お菜がぼんやりと出窓から雨に煙る庭を見ていると、誰かが傘もささず雨水をはねながら走ってきて、店に飛び込んで来た。昨日来たばかりの鉄太郎である。

「まあ、いらっしゃい」

「あ、菜坊、昨日は悪かったね。今日は御礼を言いに来た」

とかれは手拭いで髪にかかった雨を拭きながら訊く。

「おやじさんは？」

「すぐそこまで行って……すぐ戻ります」

　昨夜からしきりに肩が張ると呟いていた徳蔵は、客が来ないのをもっけの幸いと、横町まで鍼《はり》を打ってもらいに行ったのだ。

「いいか、お客が来ても、お前は酌をしちゃいかんぞ。ここに酒と湯呑を並べておくから、手酌で呑んでもらえ。半刻（一時間）くらいで戻る」

　と言いおくのを忘れなかった。

　そのことを話すと、鉄太郎は大笑いした。

「呑んだ分は自己申告とは、豪気なおやじだな、よしよし、公明正大に呑むから安心しろ」

　と手酌で二合徳利から酒を湯呑に注ぎ、勝手に呑み始める。

「あの、昨日は……間に合ったんですか？」

　とお菜がおずおず訊くと、複雑な顔でかれは頷き、湯呑に酒を注ぎ入れて一気にあおった。

　他ならぬ清河八郎からの緊急のお呼びとあって、かれは不測の事態を想像して飛んで行ったのだ。

清河は近い将来、尊王攘夷を決行するべく〝虎尾の会〟なる秘密結社を率いている。そこに集まる誰もが血気盛んな若者ばかりだが、特に清河の近くにいるのは跳ね上がりの命知らずだ。

〝異人斬り〟だの〝焼き打ち〟だのと、物騒《ぶっそう》な案がしょっちゅう練られては、時期早尚《しょうそう》としてお蔵入りしている。だが慎重派の〝監視〟の目の届かぬところで、功を急ぐ連中が何をしでかすか分かったものではない。

さしもの清河でも止められぬ事態が、生じたのではないか。

もしそうであったら、自分はどう出るか。

そんなことを胸中で考えながら、宙を駆けた。

お玉が池に着くと、美しい妻女お蓮《れん》に迎えられた。

女郎屋から身請けされ、清河の正妻になった女で、まだ二十を過ぎたくらいだろう。透き通るように肌の白い、清潔感の漂う美人だった。

このお蓮の案内で、敷地内にある土蔵の座敷に入った。文机に座って書き物をしていた清河は、難しい顔を上げて言った。

「やあ、山岡さん、わざわざ呼び出して悪かった」

「何ですか、緊急の用とは」

と鉄太郎は正座して咳き込むように問う。

「いや、他でもないんだが……」

「遠慮せずに言ってください」

「遠慮してはいないが」

と言ったとたん、急にこらえられないように笑いだした。

「実はねえ、つい朝がたに出羽から上等な品が届いたんだ。それがこれだよ」

とそばの何かを覆っていた風呂敷を、パッと取った。そこに隠してあったのは菰樽《こもだる》だった。

「これはわが故郷でも天下一品の酒だ、出羽《でわ》は米所だから酒がうまいのさ。中でもこの〝志《し》ら雪《ゆき》〟はおすすめだ。ここに置いておけば、皆で呑んじまうだろう。まず真っ先に山岡センセイにご試飲頂くのが筋だと思って、呼びに行かせたんだ、はっはははは」

その〝志ら雪〟は旨かった。

世間では策士といわれ毀誉褒貶《きよほうへん》のこの清河にも、こんな洒落《しゃれ》けがあったのか、と鉄太郎は意外に思ったものだった。

だがそのことはお菜には言わない。

「うむ、まあ、何とかなったさ……」

鉄太郎はごく短く言って、辺りを見回した。

店内には客もいなければ、主人の徳蔵もいない。外には雨が細くしとしとと降り続いている。

「えらく静かだな、今日は……そうだ、こんな日は……」

と呟きながら懐から取り出したのが、昨日忘れてわざわざ取りに来た、あの古びた本だった。

「菜坊。今日はこの本の話をしよう」

かれは本を軽く振ってみせ、開いてお菜に見せた。

「いえ、あたしには難しそう……」

「難しくなんかない。ただの戯作《げさく》だもの。ああ、〝戯作〟ってのを菜坊は知ってるかい？」

お菜は首を横に振る。

「あたし、字が読めないんです」

「あ、ふむ、そうか」

かれは静かに頷き、挿絵《さしえ》入りの頁を開いて見せた。

そこには、猫の話に、武士がうやうやしく聞き入っている図柄が、一筆で描かれている。

「あら、面白い絵……お侍より猫が偉いみたい」

「そうだろ。戯作とは、こんなふうに面白可笑《おか》しく書かれた冗談本のことなんだ」

「へえ、おじさんがそんな本を、読みなさるの？」

「ははは、もちろんだ、これは愛読書だよ。おれにとっちゃ秘伝書といった方がいいかな」

これは『田舎荘子《いなかそうじ》』といい、百年以上も前の享保《きょうほう》時代に、迭斎樗山《いっさいちょざん》という戯作者が著した本である、と鉄太郎は説明した。

この中に収められた何編かの短編の中で、かれが倦《う》むことなく読み返しているのは、『猫の妙術』だという。

猫好きのお菜は興味をそそられ、思わずかれのそばにある椅子がわりの酒樽に腰を下ろした。

隣家の左官職人の三十次が、最近猫を飼い始めたことも、少し頭にあった。お六という口うるさい女房と離縁してから、淋しくなったのだろう。

どこかで拾って来たらしい雉子虎《きじとら》の若猫が、最近この辺りをうろつくようになった。徳蔵は総菜を盗まれるのを恐れて目の仇にしているが、お菜は秘かに可愛がっていたのだ。

「それで猫がどうしたわけ？」

と乗り出すと、かれはにっこりと少年のように笑った。

「ネズミ退治の話さ」

ある剣豪の屋敷に、一匹の怪物のような大ネズミが住みついて、昼間から暴れ回って甚《はなは》だ困っていた。

そこで剣豪は、近所から強そうな猫を次々と借りてきて、大ネズミと対決させてみた。ところがどの猫も、大ネズミに圧倒されて、全くが歯が立たない。

仕方なく、剣豪自身が木剣をひっさげてネズミ退治に乗り出した。すると怪物ネズミに手玉に取られ、襖や障子を突き破るばかりで、逆に手足を引っ掻かれる始末だった。

剣豪は疲れ果てたが、少し離れた町に〝天下一のネズミ捕り〟という噂の猫がいることを思い出し、さっそく借りてこさせた。

だがその実物を見てがっかりした。寝てばかりいる薄ぼんやりした古猫で、見た目にもいかにも頼りない。

これは駄目だと思ったが、試しに大ネズミの居座る部屋に放り込んでみた。するとどうしたことか、今まで大暴れしていた大ネズミが竦《すく》んで動けなくなった。その猫はのろのろ近づいて行き、難なくその怪物ネズミを咥《くわ》えてきたのである――。

「わあ、すごい！」

お菜はパチパチと手を打った。

「でもどうして？　猫股ですか？」

「いやいや」

と鉄太郎はにんまりとした。

「ここからが面白れえんだよ」

四

「その夜、猫の寄合《よりあい》があったんだ」

「猫の寄合……？」

「猫どもだって必死なんだぜ。なぜ自分らは負けたのか、そこを知りてえと、マジメに集まった」

腕自慢の猫たちが、ネズミにしてやられっ放しだった。かくなる上は、是非ともネズミ捕りの極意《ごくい》をうかがいたいと、かの古猫を上座に奉《たてまつ》ったのだ。

「わが輩は、代々ネズミ捕りの旧家に生まれ、幼少のみぎりから修行に明け暮れた。七尺の屛風《びょうぶ》を飛び越え、小穴をくぐり、軽業《かるわざ》などお手の物だった。なのになぜ、アイツにはだめだったのか」

と心外らしく言ったのは、敏捷そうな若い黒猫だった。

「ふむ、おぬしの修練は、手先の技に過ぎぬ。技に隠された深い真理を探ろうとせず、外面《そとづら》ばかりなぞっておるようでは、実戦に役立つはずもない」

と古猫は諭《さと》した。

恐れ入って引き下がる黒猫に替わって、剛健そうな虎毛の大猫が罷《まか》り出た。

「それがしつらつら思うに、武術というものは〝気〟を尊ぶもの。そこでひたすら気を練る修練を重ねたところ、気が天地に満ちるごとくとなり、気合いで相手を圧倒し、無心の境地で技をくりだしてきた。それがあのネズ公だけにはなぜか通じず、すっかり恥をかかされました」

「つまりおぬしの技は、ハッタリにすぎん！」

と古猫は言い切った。

「単に気の勢いに乗じた気力頼みで、武術を極めているとはとても申せん。相手の気合いが弱ければそれもよかろう、だがあのように捨て身になったネズミには歯が立たん。窮鼠《きゅうそ》猫を嚙《か》むのたとえは、そのことじゃ」

続いてしずしず進み出たのは、やや年かさで腰の低い灰色の猫だ。

「まことに仰せの通りです。みどもはそこに早々気づき、気より心を練ることを、もっぱら心がけて参りました。いたずらに気色《けしき》ばるのではなく、敵をよく見、相手に寄り添って〝和〟の心で臨《のぞ》もうと。さすれば大ネズも敵対心を失い、油断したところを狙えば、簡単に捕まえられると踏んだのだが……」

古猫これに応えていわく、

「おぬしの言う〝和〟の心とは、甚だ不自然で、分別くさい……。ぶっちゃけ、邪心から発しておるな。そもそも何かを〝心がける〟こと自体が、無心を妨げるものだ。何も思わず、何もせず、自分を捨てて相手と合一《ごういつ》する……その時こそが無敵の境地なんじゃ」

猫どもはすっかり感じ入って畏まった。

だが古猫は、さらに続ける。

「だが早合点は禁物じゃぞ、おのおのがた……。このようにトクトク語るわしはまだまだ小者、人間界じゃフンドシ担ぎよ。昔、隣村に一匹の猫がいた。朝から番まで何もせず、ただ居眠りばかりで、木彫りの猫と見まがう朴念仁《ぼくねんじん》だった。ところがその猫のいる近辺には、一匹のネズミも見当たらない。試しにネズミが密集する所へこの猫を連れて行くと、たちまちいなくなってしまう。わしはその理由を知りたくて、その猫に問うてみた。答えは何だったと思うね」

「………」

「答えはなかったのだ。答えるところを知らなかったんじゃな。わしはつくづく感じ入った。知る者は言わず、言う者は知らずと……。この居眠り猫は、もはや己れも敵も忘れ、無心忘我の境地にあったのじゃ……」

〝思うことなく、為すこと無く、寂然不動、感じてついに天下の故に通ず〟と読み上げて鉄太郎はパタリと本を閉じた。

屋根を叩く雨の音はいつの間にかやんでいて、蛙の声や虫のすだきが賑やかに復活している。

「どうだ?」

お菜は黒目がちな目を大きく見開き、じっと鉄太郎に向けた。

「これ、やっぱり猫股の話だと思う」

「えっ」

「だって……古猫はちゃんと答えられたのに、居眠り猫は答えられなかったんでしょう。なのに居眠り猫の方が、ずっと上なのは何故なの。この猫、きっと猫股なんだよ。妖術を使ってネズミを化かしちゃうんだ」

「うーん」

かれはにやにや笑って本を懐にしまい込んだ。

「お菜坊にはかなわん。たしかに妖術かもしれん」

「その古猫は、いつか居眠り猫になれるのですか?」

「さあ、どうかな」

「いつも居眠りばかりしてるただの馬鹿猫と、どこが違いますか?」

「さ、その辺がおじさんにも分からんのだ」

「………」

何となく二人とも沈黙して、暖簾の向こうから入ってくる森羅万象《しんらばんしょう》の音に耳を傾けた。

その時、ビシャビシャ……と濡れた土を踏んで、誰か走ってくる足音がした。息をきらして暖簾から顔を出したのは、お簞笥町の武具屋の手代、源五郎《げんごろう》だった。この店の常連客だから、鉄太郎とも顔見知りである。

「やっ、山岡先生！　やっぱりここにいなすった」

ほっとしたようにかれは手拭いで額の汗を拭った。

よほど慌てて走ってきたのだろう、顔には大粒の汗が滴り、足元はハネが上がって泥だらけだった。

「いえね、今しがたお屋敷の前で一悶着《ひともんちゃく》あって……」

お菜が差し出した茶碗の水を呑みほし、胸を叩いて茶碗を返した。

「すまんな、お菜ちゃん。ええと、先生を訪ねてみえた若えお侍ェが、タチの良くねえ浪人者にからまれたんすよ。いったんお侍ェは、囲みを破ってその場を逃げたんだが、連中が追いついて、この近くの藤寺の辺りで騒ぎになってまさあ」

「ふむ」

鉄太郎は一瞬、何ごとか思い巡らすように宙を睨んだ。

かれは、その侍が誰だか知っていた。今日、清河塾の門下生が、清河からの届け物を持って、山岡家に訪ねて来ることになっていたのである。

だが講武所が早く終わり時間が少しあったので、昨日の礼を一言言おうと思い、あじさい亭にちょっと寄ったのがいけなかった。

雨のためあまりに店が静かで、つい少し呑んで、お菜相手に長話をしてしまった。

「相手の浪人は何人だ」

「五人や六人はおったです……」

と源五郎は首を傾げた。

「おまけにどっちも刀を抜いてまさあ。人死が出るんじゃねえかと気が気でねえすよ」

「そうか」

ふだんなら、下らぬ喧嘩騒動など放っておけと言い放つ場面だが、今回ばかりはそうもいかない。

清河からの〝届け物〟が少々厄介な代物《しろもの》なのだ。

それは書状だった。

清河が世直しのため主催する会の規約の下書きが、そこに書かれているはずだ。その他にも、これまで出入りがあって定まらなかった会員が、これでほぼ確定したとし、その氏名が列記されているはずなのだ。

こんなものが外部へ漏れたら、一大事だった。

この浪人らの襲撃の目的は、それと関係あるのかどうか。

まずそのことが気がかりだった。虎尾の会がもう外部に漏れているとは、考えにくい。まだ結成されて時もたっていないし、目立つ活動は何もしてないのだ。

ただ、お玉が池二六横町にある清河邸が、役筋から目をつけられている可能性はある。水戸天狗党と気脈を通じているのでは、と疑われていたからだ。

それについては事実無根だったが、清河塾の門人らが屋敷にさかんに出入りするし、尊王攘夷の壮士らがひっきりなしに集まっては、呑み騒いでいる。あれではあることないこと、疑われても仕方ない胡散臭さである。

だが屋敷には土蔵があり、大事な密談はもっぱらその中で行われたから、出入りの御用聞きに盗み聞きされる心配はなかった。

しかし……もしもということがある。幕臣の鉄太郎としては、まずそこを確かめなければならぬ。

「よし、分かった」

かれは立ち上がり、いきなりずかずかと裏の調理場に回ったので、お菜は驚いて後を追った。

その長押《なげし》に、徳蔵が何かの際の自衛のために、木刀を密かに隠していたのだが、かれはひょいとそれを摑んだ。

刃渡り四尺、柄《つか》の長さ二尺の枇杷《びわ》の木刀で、お菜が物心つく頃からそこにあった。

鉄太郎はいつそんなものを見つけたのだろう。

「菜坊、すまんがこれを借りるぞ！」

言うや、かれは木刀片手に飛び出して行った。

五

藤寺のそばの空き地にはミョウガの葉が茂り、道路端には赤い彼岸花が美しく咲き乱れていた。

すでに大勢の野次馬が詰めかけ、固唾《かたず》をのんで見物する中、五人の浪人者に囲まれ、血みどろで刀を構えているのは、清河塾の塾生魚住広太郎《うおずみこうたろう》だった。

もうふらふらしていて、足が地を離れているようだ。

剣の腕に、自信がないではなかった。かれは清河の厳しい剣術指南を受けており、腕自慢の先輩たちとも何度も立ち会っている。

だがいかんせん実戦は初めてなのだ。

おまけに多勢に無勢、すでに腕や足に刀を掠られ、あちこちに鮮血が流れていた。

もはや気息奄々《きそくえんえん》の窮地《きゅうち》だったが、負けてたまるかという意地だけで姿勢を保ち、かろうじて敵と対峙していた。

「さあ、どうしたどうした！」

「おりゃァ！」

などと浪人らは余裕綽々《しゃくしゃく》で掛け声をかけ、入れ替わり立ち替わり、若者の足や腕を狙って刀を突きだしていく。

そのたびに見物人から悲鳴が上がった。

浪人どもは、若者をじっくりなぶって楽しんでいるらしい。

「かかって来いよ！」

の挑発の声にも、若者は真っ青な顔を引きつらせ、金縛りにあったように動かない。

「来なけりゃ、こちらから行くまでだ」

一人が大上段に振りかぶって、踏み込んで行こうとした。

その時、大音声が響いた。

「待て、待て、待てい！」

長大な木刀を引っさげて走り込んで来たのは、鉄太郎だった。

若者を追いつめていた浪人どもは、思いがけない声に、一斉に声のする方に顔を向ける。

「一人を相手に数を頼んでの狼藉、武士ならば恥を知れ！　ここからはおれが相手だ」

仁王立ちになって言い放ち、木刀を大上段に構えた。

初めは度肝を抜かれた浪人どもも、その木刀に目をやり、薄笑いを浮かべる者がいた。

「そんな棒っ切れで、わしの真剣を受けるつもりか」

と年かさの一人がせせら嗤《わら》った。

今の江戸の町には、この手の浪人者が溢れている。中でも程度の悪いのは、口では尊王攘夷を唱えるが、やっていることはおおかた賭場を仕切る博徒の用心棒だ。

この連中もそのたぐいだろう、と見抜いた鉄太郎は、虎尾の会とは関係なさそうだと思いつつ、

「何の何の、木刀でなくとも扇子でも構わんぞ」

と敵を挑発した。

「抜かすな、野郎！　キエエーッ」

年かさの男は奇声を上げ、いきなり真っ向から振り下ろして来た。鉄太郎は難なく身をかわし、その隙だらけの相手の脳天に、凄まじい速さで木刀を打ち込んだ。木刀の剣尖《けんさき》には鉛板が巻かれているので、かなり手加減したつもりでも、その衝撃は強いはずだ。男は泡を吹き、宙をかきむしって昏倒した。

すぐ脇にいた痩せて背の高い男がその様を見るや、横合いから稲妻のように突いて来る。

瞬時に鉄太郎はその剣尖をはね返し、刀を握る相手の右手に木刀を振りおろした。手の甲の骨が砕ける感触があり、相手の刀が空中に吹っ飛んだ。

尋常ではないその強さを目《ま》のあたりにして、残りの浪人どもは浮き足だった。じりじりと迫ってくる鉄太郎に押されるように後退しながら、それでも小太りで坊主頭の男が意を決したように、

「そりゃあッ、死ねッ！」

と拝み打ちで真上から斬り込んで来た。

それをも素早くかわし、その喉元に鋭い突きを入れる。これも手加減したのだが、

相手は血反吐《ちへど》を噴き上げて悶絶した。

恐怖に駆られて逃げ出した一人に、背後から袈裟がけに打ち据える。声もなく崩れ落ち、草の上を這うように逃げていく。

そこへすかさず最後の一人が、闇雲に大声を上げて突進して来た。腰をひねってかわし、その剣を叩き落とす。その場に尻餅をついた男の眉間に、ピタリと木刀の剣尖を据えて睨みつけ、

「誰の回し者だ、目的は何だ？」

と迫った。

「わ、わしは知らん、ただ付いて来いと言われたんで……」

と男は掠れ声で言う。

鉄太郎がさらに木刀を振り上げると、

「参った、参りました。わしは何も知らんので」

と泣き声になって、這って逃げて行く。

一瞬のうちに五人をなぎ倒した鉄太郎を、見物人たちは息を呑んで、異形《いぎよう》の者を見る目つきでただ見守っている。

かれは汗一つかいておらず、呼吸もほとんど乱れていない。平静そのもの……と言

っても誇張ではない。

痩せても枯れても〝七日間立ち切り千四百面〟の荒行を成し遂げた武芸者なのだ。七日間、毎日二百人と立ち会った者にとって、この程度の立ち回りは何ほどのことでもない。

その場に茫然としている魚住に、鉄太郎は近寄った。

「おい、大丈夫か」

と声をかけると、

「山岡先生……。これが預かり物です」

と力を振り絞って背中に縛り付けていた風呂敷から、一通の封書を出して渡すや、気が緩んだらしい。

「じ、自分は未熟者であります……」

とその場に頽《くずお》れてしまった。

(やれやれ……)

鉄太郎は、気を失った若者を見下ろした。助っ人に立つのはいいが、厄介なのはこうした後始末だった。これから背負って、家に連れて帰らねばなるまい。

しゃがんで若者を担ぎ上げようとした時、見物人の中から一人の男が駆け寄って来た。見ると、あの手塚良庵ではないか。治療室から直行してきたらしく、白い仕事着のままだった。

「や、これは手塚先生、どうしてここに？」

驚いたように目をぎょろつかせて鉄太郎は問う。

「どうしてはないでしょう、あんた。しかしまたえらく派手にやらかしましたな」

良庵は呆れたように見回した。

「あの子に呼ばれたんですよ、あれ……」

背後を振り帰り、周囲をきょろきょろ見回した。

「あの煮売屋の女の子が呼びに来たんです。泣きそうな顔でおじさんが危ないと言うんで、驚いて飛び出して来たんだが」

「お菜坊か」

と鉄太郎は頬をゆるめて辺りを見回したが、その姿はまだない。遅れて走ってくるか、まっすぐ店に帰ったのだろう。

「私は足が速いんだよ、最近は急患が多いから……」

良庵は転がっている男たちに目をやり、肩をすくめた。

「さて、どこから始めますか」

「まずは、この若者を診てもらいたいですな。あとの連中は放っといて結構。二人ほど逃げたから、いずれ仲間を連れてやって来る。そいつらが連れて帰って適当に処置しよう」

「了解です」

と良庵は若者を一瞥《いちべつ》し、しゃがんで瞼をひっくり返したが、

「心配ない。傷は浅いし、衝撃で気を失ってるだけだ」

と脈をとろうともしなかった。

「まあ、傷口の消毒のため、戸板で運ばせますか」

言って後に付いて走ってきた二人の助手を振り返った。薬箱と戸板を抱えたかれらに何ごとか指示を与えると、鉄太郎に向きなおった。

「これで万事大丈夫。さてと、山岡さん、せっかくここまで来たんだ。そこのあじさい亭で一杯やってから帰りたいが、付き合いませんか」

「ああ、異議なし……」

なんて医者だ、と言いたげに笑いながらも、鉄太郎は大きく頷いていた。

「ひと汗かいた後の酒は、また格別ですからね」

六

その数日後――。

鉄太郎は清河邸の奥座敷で、清河八郎と対座していた。

「……やってくれたねえ、山岡さん。今や江戸中の評判ですよ」

開口一番、清河は言った。

「えっ、まさか。ただのごろつき相手の、単なる仲裁ですよ。誰も死んじゃいねえんだし」

「いや、天下の鬼鉄のご活躍じゃないか」

「冗談やめてくださいよ」

鉄太郎は苦笑して、頭を下げた。

「ただの喧嘩なら放っておいたところですが、何しろ持っていたモノがモノだけに、つい出張《でば》っちまって……。何ともお恥ずかしい限りです」

「いやいや、うちの塾生がとんだ迷惑をかけて、申し訳なかった。魚住は何しろまだ未熟者で……いや、それゆえにかえって目立たぬかと思い、使いに立てたんだが、甘かったようだ」

清河もいつになく謙虚に詫びた。

「まあ、大事に至らなかったのは何よりだが、巷《ちまた》で評判になってるのは本当なんだ、山岡さん。どうも江戸っ子ってのは騒ぎが好きだね。ただ言わずもがなで恐縮だが、われらは大望ある身、目立つことは極力控えてもらわないと……」

「すまんことです。それは分かってるつもりだが」

鉄太郎も謙虚に応じ、頭を下げる。

「ただ、ちと気になることがあって。いえ、今も言ったあの書状のことですが」

「気になる……とは？」

清河はやや声を落として尋ねた。かれは魚住から事情を聞き、あの騒動をただの喧嘩と受け止めているらしい。

だが鉄太郎はそうは思っていない。

あれから手塚良庵と共にあじさい亭で一杯呑み、近くの辻番所に顔を出して一応の報告をしてから、屋敷に帰った。

すでに魚住が包帯だらけの姿で、待っていた。

かれの説明によると、どこから尾《つ》けられていたか不明だが、山岡家の近くまで来て絡まれたという。山岡家か高橋家に飛び込めば良かったものを、一人で処理しようとその場を逃げ、山岡がいるかもしれぬとあじさい亭に向かった。

その途中で追いつかれ、囲まれたのだと。

だが連中は、かれの〝持ち物〟には何も言及せず、ただ、

「山岡家に行くんだろう、何用で行くか言え……」

などと絡んできたらしい。酒も入っていたようで、たぶん攘夷派を騙《かた》るごろつきの酔った上での嫌がらせだろう、と魚住は言った。

「しかし自分にはどうも、ただの嫌がらせや偶然とは思えません」

と鉄太郎は言い、腕を組んだ。

「魚住君があんな大事な物を携えている時に、なぜこんなことが起こったのか。それを偶然と片づけていいものかどうか」

「すると山岡さんは……」

言いかけた時、妻女のお蓮がお茶を運んできた。

いつもと変わらず愛想よく挨拶するのを見るにつけ、さすが清河が惚れ込んだ女……と鉄太郎は感心せざるを得ない。

ただ美しいばかりでなく、万事に如才なく、賢い女だった。

お蓮が部屋を出て行くのを待ちかねたように、清河は続けた。

「……あれが偶然の争いでなく、仕組まれたものだと？」

「おそらくね」

と鉄太郎は頷いた。

「やつらが魚住君に、書状を出せと一言も言わなかったのは、偶然と見せかけ、金を探るついでに懐から奪おうと……つまり背後に黒幕がいるとは、悟られたくなかったんでしょう」

「なるほど。しかし……」

清河は、何ごとかを思案するように少し沈黙した。

「われらはまだ、何も実行におよんではいない。虎尾の会も立ち上げたばかりだ。もし考えられるとしたら」

とまた言い淀み、切れ長な目を上げた。

「われらの同志のうちに、幕府への内通者がいるということだ」

（内通者！）

清河の口から飛び出したその一言は、鉄太郎には思いがけなかった。あれだけ熱く語り合ってきた同志の中に、裏切り者がいると？

もしそうならば、真っ先に疑われるのは、幕臣でありながら虎尾の会に名を連ねている自分と松岡萬《まつおかよろず》だろう。松岡は鷹匠《たかじよう》の倅で自身も鷹匠だが、剣の修行に打ち込み、鉄太郎とも親しかった。

思いが乱れ、しばし言葉を失っていると、

「しかし、そんなことは考えられない」

と清河は、自分が吐き出した言葉をあっさり否定した。かれは時々こうやって、意表をついた言葉を放って、相手の反応を試すことがある。

「だから私は、あれには背後はないと考えたのだ」

言ってかれは自信ありげに小さく頷き、

「実は益満《ますみつ》君から、ちょっとした情報が入ってね」

益満とは、虎尾の会の最年少の同志、益満休之助《きゆうのすけ》のことだ。

かれはまだ二十歳の薩摩《さつま》藩士だが、国元を早くから離れ、江戸の薩摩藩邸を根城に動いている。何をしているのかは誰も知らないが、無口でやることが早く、皆は陰で噂した。

「あいつは薩摩の隠密で、諜報活動をしてるようだ」

何しろ江戸っ子以上に江戸弁を喋り、他藩の藩士や幕閣の動きによく通じている。

名の知れた脱藩浪人や博徒《ばくと》など、闇の人脈にも周到に網を張り巡らせていた。

会にもたらされる〝益満情報〟は大いに役立っていた。

「益満によれば、魚住にからんで来たのは〝甲斐《かい》の辰吉《たつきち》〟なる博徒の用心棒らしいね」

「甲斐の辰吉？　ほう……」

清河は頷いて、こう説明した。

その辰吉とは、元は甲州の黒駒勝蔵《くろこまのかつぞう》の子分だったようだが、不始末をしでかして国を追われ、江戸に流れてきた。かなり荒っぽいやり方でメキメキ勢力を広め、今は浅草辺りの賭場《とば》を仕切る、博徒の頭目だという。

「山岡さん、この辰吉一家に覚えはないかね？」

「さて、そんな名のやくざなど聞いたこともないが」

「一度、濠の辺りで、何かあったんじゃないか？」

清河はなおも言う。

「いや、おれはやくざと付き合いは……」

言いかけて、ふと思い出したことがある。

日本橋から一石橋《いちこくばし》を渡っていた時、幼子を連れた若い母親にからんでいたやくざ者二人を、御濠に投げ込んだことがあった。あれは昨年末の……暮れに近い寒い日だったっけ。

「そういえば、こんなことが……」

と事情を説明し、信じられないように眉をひそめた。

「すっかり忘れてましたよ。そいつが辰吉の子分で、辰吉はそのことを恨みに思っていたと？」

「まあそんなところだろう、身辺を探ってたのは確かのようだ」

と清河は冷めた茶を啜った。

「そこへまた、してやられる事件が重なって、恥をかかされたと辰吉らはえらくいきり立ってるらしい。何せいま昇り竜の一家だ、面子《メンツ》を汚されて黙っちゃいないだろう。さらに腕の立つ浪人を探してるそうだから、仕返しに気をつけるよう伝えてくれ、と益満に頼まれたんだ」

「ほう、それはどうも」

鉄太郎は頷いて頭を下げ、ぎょろりと目をむいた。

「むろん注意を怠るようなことはゆめゆめござらんが。しかししがない御家人一人に、ご苦労なことですな。もし黒幕がいるとすれば……」

「ふむ、いるとすれば……」

清河も思案していたように首を傾げたが、互いに最後まで言い切らずに胸に収めた。

「繰り返すが、われらは何もしてないのだから、恐れることはない」

と清河はピシリと言った。

「ただわれらが志しているのは回天《かいてん》であり、詰まるところ〝ご謀反〟まで至るかもしれぬことだ。幕府もまた過敏になって、監視の目を厳しくしている折も折……。山岡さん、くれぐれもゴロツキの挑発には乗るなよ。黒幕については、益満にさらに探ってくれるよう頼んでおこう」

そんなことを半刻ばかり話し、清河邸を辞去した。

門前までお蓮が出て、二六横町を曲がるまで見送ってくれた。

七

鉄太郎が身辺に妙な気配を感じ始めたのは、そんなことがあって半月近くたってからである。

今は小川町《おがわまち》に移った講武所や、お玉が池の千葉道場、清河邸、果ては女郎屋くんだりまで、かれの立寄る先々で、見慣れぬ男の影がちらつくようになった。

初めてその男に気づいたのは、内藤新宿の女郎屋へ松岡萬を誘って繰り出した時のことだ。泊まった翌朝、二人が欠伸《あくび》を嚙み殺しながら女郎屋を出てそぞろ歩いている時、不意に何者かの影に気がついた。

適当な距離を保ちつつ、後をつけて来る者がいる。

さりげなく背後を見やって姿を確認すると、痩せぎすで長身の、三十前後の浪人ふうである。

「しつこいやつだな、おぬし、心当たりは」

とうに気づいていた松岡が、低い声で尋ねた。

「例の一件で、博徒の頭目がおれを狙ってるらしいんだが、バカバカしくてどうも信じられん。おれなんぞ仕留めても、金にも名誉にもならんぞ」

「いや、連中には面子が大事だからな。どうやら面白くなりそうだ」

日頃から血の気の多い松岡は、舌舐めずりせんばかりに乗り出した。こいつ、人を斬りたくてたまらんのだ、と見てとって鉄太郎は慌てた。

「待て待て、そうと決まったもんじゃねえ。早まるな」

「じゃ、取っ捕まえて、問いただしてやる」

と振り返った時は、その姿は消えていた。

「鉄さん、何かの際は助っ人になるぜ。鷹匠町にしばらく泊まり込んでもいい」

と松岡は、案じるように言った。

「ありがとう。まあ、何かの時は頼む」

鉄太郎は礼を言ったが、なお本気になれなかった。


「……鉄っつぁん、清河塾にはあまり近寄らん方がいいよ」

話を聞いて、義兄の精三郎は忠告した。

「あそこに出入りしてりゃ、役筋に睨まれても不思議はねえんだ。清河から離れりゃ、辰吉も離れるさ。博徒が、何の裏もなしに幕臣にからんでくるとは思えんよ」

「しかし、睨まれそうなことは何もしてませんよ、兄さん。腐った幕政をただし、徳川恩顧に報いたいと願うだけで、お上に二心なんてねえんだから」

鉄太郎は抗弁する。

「おめえはそうだろうが、清河は違うぞ」

と高橋のご隠居が力をこめて口を挟んだ。かれは清河の話になるといつも義兄に加勢した。

「鉄よ。わしら幕臣には、徳川に対し深い思い入れがある。先祖代々の恩顧だからな。しかるにあの男は、世に言う草莽《そうもう》の士、そんなもんは根っからねえんだ。そこを考えろ。背後に控える豪商の実家から、ザクザク金がわいて来る。そのうち何かしでかすさ」

大いに心外だった。

幕政批判はしても、かれには〝倒幕〟や〝謀反〟の考えはない。二百数十年恩顧の徳川か、心服する清河か……そんな二者択一など、これまで考えたこともない。

だが考えなければならぬのか。現に自分は今、誰かに見張られているのは疑いない。

あれ以来、あの不審な男は何度も目先に現れている。

もう顔も覚えてしまった。眼窩がくぼみ、鼻梁は高く、無精髭がむさくるしい。その身のこなしには隙がなく、相当の剣の遣い手であるのは見てとれた。

それから二日ほどして――。

清河邸で益満休之助と会った。

かれは空き部屋をお蓮に都合してもらい、お茶は結構ですと断って、鉄太郎をそこに招いた。

「鉄さん、連中には気をつけた方がいいですよ」

対座するや、かれは薩摩訛りの全くない口調で言った。

「辰吉はたちが悪い男だ。食い詰め浪人を雇って、脅し専門で成り上がってきた汚いやつでね」

「忠告かたじけねえ。して、黒幕はどうだ」

「うむ、清河先生にも訊かれたんで、ちょっと調べたんだが……。やつは、あの一帯を縄張りとする目明かしに尻尾を摑まれてる。暴力沙汰をあれだけ起こしながら、潰されないのは、目明かしと通通《つうつう》だからでね。やつは目明かしと持ちつ持たれつで、動いてますよ。その目明かしを操ってるのは、言わずと知れた北町奉行所だ」

「やっぱり……」

まだ信じられないような声に、相手は重ねた。

「少なくとも役筋はすでに、鉄さんを警戒してますよ」

「………」

「一家の三下《さんした》が濠に投げ込まれた事件を聞き込み、それが山岡のしわざだと摑んだ上で、辰吉に持ちかけたのだ。山岡に渡る〝書状〟を途中で盗めとな。万一山岡が歯向かったら、殺してはならんが、痛めつけるのは構わん……とかね」

「ふーむ、さすがだな」

と鉄太郎は、若い同志に感服の目を向けた。

「いや、役筋ばかりじゃねえよ、おぬしの調べの凄さは弾丸なみだな」

日頃あまり口数の多くない益満だが、いざとなればとことんやる。特に情報収集能力はぴか一だった。

「しかし益満、その書状の存在を、役筋はどこから聞いたんだ？」

「さ、そこですがね」

と初めてかれは声を潜め、目を縁側ごしに庭に転じた。広い庭には虫がすだき、池のほとりに女郎花《おみなえし》が群生している。

「おれの勘だが、この界隈にもすでに密偵が張り込んでおる。今度のことで、悟ったですよ。今、われらに安全な場所はどこにもねえってさ」

「なるほど」

鉄太郎もそう思い、よく手入れされた庭に目を遊ばせた。

誰かに付け狙われるのは初めてではないが、それが自分が身を寄せる大樹《たいじゅ》徳川とあれば、ひどく重く感じられた。

「あまり目立つことはするなと、清河さんのお叱りを受けたばかりだ。ここは自重して、やり過ごすことだね」

「そう……」

益満は視線を戻し、熱のこもった目で鉄太郎を見た。

「われらには志がある。これから時代は大きく変わるぞ、鉄さん。おれはその将来を見届けたいが、その時は鉄さんも一緒でなければならん。つまらん出入りで命を落とさんでつかあさい」

そのうち、つきまとう男の影まで、ふっつり消えた。

だが鉄太郎はそれで終わりとは思っていない。

念のためお英やお桂には、不審な男を近くで見かけたら隣家に避難するよう、指示はしておいた。

自身はいつも通りだったが、とうとう徳蔵から貰い受けたあの刃渡り四尺の枇杷の木刀を、つねに携帯していた。

八

攻撃は思わぬ方向から、いきなりやって来た。

その午後遅く、小石川伝通院で先輩筋の幕臣の法要があり、鉄太郎も借り物の紋付羽織に、いつもの筋の消えた袴で参列した。

式の後にお清めの酒宴があり、お開きになってからも引き止められてしばし呑みつつ話し込んだ。

やっと席を立ち外に出た時は、外はもう真っ暗で冷たい小雨が降りだしていた。

寺で貸してくれるという番傘を断り、しっとり濡れながら表門を出て、南にまっすぐ続く安藤坂《あんどうざか》を下った。

呑み足りなかった。だが夜は、あじさい亭はやっていない。といって内藤新宿まで繰り出すには、嚢中《のうちゅう》が心細すぎる。

夜の坂は暗くて、人の往来もなかった。右手には、安藤飛驒守《ひだのかみ》上屋敷の塀がどこまでも続いていて暗かったが、左手の金杉水道町《かなすぎすいどうちょう》はそこそこ賑やかで、町家から漏れてくる灯りが、所々ぼんやりと道を照らしていた。

そこに懇意な呑み屋があるから、ちょっと呑んで帰ろうと、歩を早めた。

その時、坂の下の闇が揺らいだようだった。

そこに人の気配がする。しかも一人二人ではない。ただならぬ殺気がそこから伝わってくるのを、かれは感じていた。

（来たな……）

しかしこんな足場の悪い場所での出迎えは意外だった。おそらく法要に参列することを摑み、酒が入るのを見込んで、周到に仕掛けて来たのだろう。

暗がりから、闇がちぎれたように何人もの黒ずくめの男が飛び出してきて、前に立ち塞がった。総勢十人近いか。

いずれも一本差しの浪人者だ。中でひときわ背が高いのが、鉄太郎を付け回していた、あの男だと分かる。

「無礼者！　そこをどけ！」

鉄太郎は大音声で怒鳴った。

その声に気圧《けお》されたかのように皆は少し後じさったが、すぐ態勢を立て直し、無言で一斉に抜刀した。白刃が闇の中で光った。

「ここは天下の大道だ。通さんのなら、勝手に通るまでよ」

すでに下駄を脱ぎ、携えていた木刀を、袋から取り出しつつ言う。その木刀の剣尖を下段に構え、ゆっくりした足取りで前に進んで行く。

すでに全身が戦闘態勢に入っており、清河との約束はどこかに飛んでいた。ほとんど本能的に戦法が浮かんでくる。

〝一人で大勢を相手にする時は、間合いを詰めて戦え〟

それが鉄則だ。でなければ囲まれる。

〝敵が何人いようとも、戦う相手はただ一人〟

一度に二人の相手は出来ないが、一人ずつなら何人でも出来る。

まずは正面の一人を相手に間合いを詰め、一方より追い回すようにかかるのだ。

「きえっ！」

奇天烈《きてれつ》な気合いと共に、第一の敵が鉄太郎の左肩へ袈裟懸けに打ち込んで来る。それをかわしつつ素早く右前に踏み込んで、左腰をなぎ払った。

腰骨が砕ける手応えがあった。次の瞬間、剣尖を浮かし、飛び下がろうとする第二の敵に襲いかかる。

振り下ろした一撃め、二撃め……。

かれにとってそれは、あの〝七日間千四百面〟の延長だった。

ヤアッ……と体当たりで相手をハネ飛ばし、態勢を立て直しながら、横殴りに斬り込んでくる剣を払いのけ、喉元に鋭い突きを加える。

のけぞる相手に目を据えたまま、頭上に打ち込んできた何人めかの刀身をかわし、姿勢を低くして、相手の向こうズネに横殴りの一撃を加えた。

「ギャッ」

男は激痛に絶叫し、その場に崩れ落ちた。

目の前に誰もいなくなった。倒された男達の苦しげな呻き声ばかりで、闇は動かない。だがまだ四、五人はいるはずだ。

「出て来い、腰抜けめ！　さあ参れ！」

大声で呼ばわると、呼吸を窺っていたらしいあの痩せぎすの浪人者が、闇からヌッと現れた。かれが首領格であり、剣の技量は段違いらしいことが、その雰囲気から窺える。

「何だ、あとはおぬし一人か？」

「………」

答えずに相手はゆっくり進み出て、鉄太郎を睨み据えたまま、大上段に構えた。闇の中で目がケモノのように光っていた。

鉄太郎は青眼に構え、微動もせずに相手の両眼を覗き込む。

向かい合ったまま、時間が過ぎる。

ここは、微動だにしないことに耐えねばならぬ。少しでも動けば打ち込んでくる。

男たちの苦痛の呻き声、もぞもぞと這って水溜まりを走り去っていく足音……それ以外は音も無く雨が降るだけだ。

相手の目にチラと焦りの色が掠めたのを、鉄太郎は見逃さなかった。青眼《せいがん》の構えを崩さぬまま、じりじり寄って行き、

「そりゃっ」

と鋭い気合いをかけて、相手を挑発する。

相手は挑発に乗った。つり込まれて、恐ろしい勢いで剣を真っ向から打ち下ろしたのだ。だがそれを予期していた鉄太郎は、やすやすと身をかわし、相手の肩を、木刀で打ち据える。

「ギエッ」

相手は低く叫んで態勢を崩す。さらに相手の右拳を狙って、一撃を与え、刀を叩き落とした。

男は膝をつきながらも、とっさに左手を懐に突っ込んだ。

闇からそんな思わぬ声がかかり、誰かが弾丸のように飛び出してきて、男の腕を蹴り上げた。左手に握られていた拳銃が、音をたてて水溜まりに落ちた。

「汚いぞ、そこまでだ！」

這って逃げる男を見送り、闇の中に立っているのは、ずんぐりとした薩摩の弾丸男、

益満休之助だった。

「お、おぬし……」

驚いて鉄太郎は目を見張った。

「どうしてここへ？」

いや、と益満は手を振った。

「今夜やるらしいと噂があったんで、慌てて探しに来たんだ。お宅に行ってみたら、あじさい亭と教えられたんで……」

場所を聞いて行ってみた。そこの女の子が伝通院ではないかと言うので、伝通院に行ったらまだお清めの最中だった。そこでこの辺りを歩いていたら、連中の姿が見えたんで、近くに隠れて見ていたという。

(自分が伝通院に行くと、お菜はどうして知ったのかな)

と鉄太郎はチラと思った。法要のことなど口にした覚えはないのに。いつも、どこかしら妙な子だった。

「そいどん、さすが鬼鉄……」

と益満は、急に薩摩弁を滲ませて呟いた。

今まで動けずに呻いていた男が、よろよろ立ち上がって去っていくのを見ながら、さらに続けた。

「……恐れ入りもした。まるで仁王のごとだ。助太刀したかと思ったが、この様子じゃそげん必要はなかと……」

かれが並べ立てる褒め言葉を、鉄太郎はほとんど聞いていない。

（またやってしまった）

という思いが頭を占領していた。

『猫の妙術』がしきりに頭をよぎっている。真に強い猫は、こんなにしゃかりきに立ち回りはしないだろう。あの本によれば、古猫はのそのそ出て来るだけで、敵は参ってしまうのである。

自分はまだまだその極意に達していないのだ。

〝己もなければ敵もない……〟そんな境地に、いつか達することがあるだろうか。

「鉄さん……」

と耳元で益満が呼んでいる。

「え？」

「何ぶつぶつ言ってるんです。ともかくここは引き揚げましょうや。今日は懐具合がいいんでね、パッと行きませんか」

「うむ、いいねえ、しかしパッとどこへ行こう」

「こんな夜は吉原《なか》だね、やっぱり……」

二人の男はゆっくりと歩きだした。

いつの間にやら小雨は上がり、雲間から月が覗いている。

第五話　隠鳥《かくしどり》

一

「……とっとと消えちまいな！」

という叫び声が聞こえ、前方の料理茶屋の前に小さな人だかりが見えている。

何ごとかしらと、思わずお菜は小走りになった。

人だかりをかき分けやっと隙間から覗いてみると、顔を真っ赤に怒らせた中年男が、一人の少年を叩き出したところだった。

「ふてえ餓鬼だ。また来やがったら承知しねえ、今度こそ番所に突き出すぞ！」

足で蹴られ往来に転げ出た少年は、座り込んで地面の土と砂を手に摑み、去って行く男の背に投げつけた。もちろん届きはしない。

その悔しげな涙顔を見て、お菜は凍りついた。

(もしかしてあの……?)

そう、ミョウガを売りに出かける途中、よく出会う男の子ではないか。自らをケンと名乗り、ミョウガをどっさり分けてくれる気前のいい少年だった。

「何でェこれで終わりかよ……」

などと物見高い人々はがっかりしたように、散っていく。

だがそこに座り込んでなお動かぬ少年に、お菜は駆け寄った。

「……ケン!」

声をかけると、少年は驚いたように目を上げた。

「あ、お菜……」

と喉の奥で呻いたきり、ムッとしたように頰を風船みたいに膨らました。まずいところを見られたからだろう。恥ずかしさを、そんな表情で隠している。

だがその真っ黒な頰はすりむけ、血が滲んでいた。お菜はしゃがんで手拭いで拭き取ってやり、無言で手を取って立たせた。

どちらからともなく逃げるように混雑する道を抜け出て、人通りのない路地に入り込んだ。

「お前、何だってこんな所にいるんだよ」

と先に口を開いたのはかれだった。

「それ、あたしが言うことでしょ。あんたこそ、こんな所で何してるん。おうちはどこなの？」

「おいら……小石川だ。ただ……浅草に嫌な奴がいるんで、こらしめに来たんだ。絶対許せねえやつだ」

怒ったように言ったきり、黙り込んだ。

背はお菜より首一つ高く、がっちりした体格だった。

顔は日焼けと汚れで真っ黒だが、太い眉はさらに黒々しており、きかん気らしく目はつり上がり、唇は厚く引き締まっている。

無言のまましばらく迷路のような路地を進むうち、目の前がいきなり開け、とうとうと流れる川が見えてくる。

お菜が、これまで二、三度しか見たことのない大川《おおかわ》だった。

「わあ、これ、大川だね」

「ああそうだ」

「凄いねえ！　ほれ、あんなに舟が出てるよ！」

と大はしゃぎのお菜を横目に見て、かれは土手の草むらに腰をおろし、膝を抱えて川を見た。

「何だよ、こんな川……どこが凄いのさ」

「あたしには、大川も浅草の町も凄い所だよ」

「へっ、お前幾つだ」

「十三……」

「ふん、おいらより一つ下か。三つくらい下かと思った」

この日は九月九日で重陽《ちょうよう》の節句《せっく》。

もうすっかり秋である。朝のうち天気は上々で風が気持ちよく、久しぶりの遠出にぴったりの日和《ひより》だった。

お菜は新しい草鞋でよく歩いた。後からゆっくり来る徳蔵を早く早くとせかすほどで、嬉しくて浮き浮きしているのが全身から見てとれた。

徳蔵は胸に期すところがあるらしく、春と秋の年二回は必ず店を閉めて、お菜を連れて出かけるのだった。

行き先はいつも浅草に決まっていた。

「あまり気張ると、帰りが思いやられるぞ」

と徳蔵は、先を行くお菜に独り言めいて声をかける。

以前は、帰りになると疲れきって父親の背で寝込んだお菜だが、今はもう父親とは手も繋がない。

浅草に着くとまずは浅草寺《せんそうじ》にお詣りをすませ、徳蔵は社務所に顔を出して誰かしらに挨拶する。それから仲見世《なかみせ》をのぞいて歩き、どこか気に入りの店で中食《ちゅうじき》をとる。もっともたいてい徳蔵は蕎麦、お菜は汁粉だから、その両方を食べられる店に限られる。

それから一刻（二時間）ばかり、徳蔵はどこかへ消える。この時が、お菜には嬉しい自由時間だった。

「遠くへ行くな。八つ（二時）にはきっと雷門《かみなりもん》の前におれ」

今日もそうくどく言って小遣いをくれた。

徳蔵がどこへ行くのか、お菜は考えたこともない。

ただむしょうに嬉しくて、雷門をいそいそと潜ったり出たりする。それからは足の向くままに、賑やかな町にゆっくりと踏み入っていくのだ。

この日は菊の鉢を売る露店ばかりが軒を並べ、猥雑な町に清らかな香りが流れていた。

（帰りに一つ、お父っつあんに買ってもらおう）

などと思ってぶらぶら歩くうち、あの騒動に出くわしたのである。

お菜は、騒動の理由については何も触れなかった。

相手のまずいところを見てしまったことに気後《きおく》れし、口に出すこともはばかられた。

「あれ……何だか黒い雲が出てきたぞ」

かれが空を仰いでふと言い出したのは、半刻（一時間）以上たった頃だ。

「おまえ、帰らなくていいんか」

「あらほんと、いつの間に……」

真っ青に晴れ渡っていた秋空に、黒い雲が湧いていた。

「あたしは大丈夫。八つに、雷門でお父っつあんが待ってるの」

「そうか……。おいらは、富坂《とみざか》まで帰るんだ」

「富坂？……小石川の外《はず》れだね」

その町に住んでいて、あじさい亭によく来る客がいたのだ。

その人は〝餌差《えさし》〟といって、お上《かみ》に許可されて、鷹の餌となるスズメやハトの猟をする捕獲人だった。

かれはそうした猟から戻ったままの姿で店に現れ、立ったまま一、二杯一気にあおって、サッと帰って行くのである。

「あの町には、鷹の餌獲りの人たちが住んでるんでしょ」

と訊ねると、かれは頷いて言った。

「昔からそんな町だったんだ」

富坂町は伝通院下の、水戸様のお屋敷の近くにあり、昔は〝餌差町〟と呼ばれていたようだ。幕府に小鳥の捕獲を許された公儀の餌差は、その町の拝領屋敷に住んでいたという。

だが綱吉《つなよし》公の代に〝生類憐《しょうるいあわれ》みの令〟が出され、鷹狩りも鳥の捕獲も禁止になった。

餌差町は富坂町と変えられ、拝領屋敷はなくなったのである。

しかし吉宗《よしむね》公の代になって鷹狩りは復活したが、町名はそのままだった。餌差衆もまだ多くが住み着いていた。

「うちの親爺も餌差衆なんだ、昔は鷹匠だったけど……」

「へえ」

とお菜は疑問に思った。

「鷹匠が……餌差になったわけ？」

「そ……」

かれはあえて説明もせずに、頷いた。

「おいらも親爺について行って、スズメ獲りを手伝ってるんだ。これで結構上手《うま》いんだぜ。将来は、鷹匠になるのが夢だ。ケンって皆に呼ばれるけどね、本名はケンタロウって言うんだ、〝拳太郎〟って書く」

と〝拳〟の字を掌に書いてみせる。

「〝拳〟は、コブシとも読む。ほれ、こうやってさ、左の手に皮手袋はめて拳を握る。ここに鷹を乗せるんだよ」

拳をギュッと握って、高く掲げてみせる。

「見てみ、おいらの拳は大きくてしっかりしてるだろ。筋がいいって褒められるよ。鷹はここから飛び立ち、ここに戻ってくる。ここがしっかりしてねえとだめだ」

「鷹って重いの？」

「うん、重い。でかいやつは特にね。そいつに目隠ししてここに乗せ、ぎゅっと握ったまま動かしちゃなんねえ。ウサギやキツネが出てくるまで、頑張り通すんだ……」

「もう今から練習してるのね」

「うん、少しだけ……」

かれはこっくりと頷き、引き締まった唇に、今日初めての笑みを浮かべた。それは微かに誇らしげに見えた。

「お父さんが〝拳太郎〟と名づけたのは、鷹匠になってほしいからなんだね」

「もちろんさ。〝太〟って〝一番〟って意味なんだって。だから一番の拳って意味なんだ」

「立派な名前だね」

言いながら、鉄太郎という名を思った。父親は〝一番の鉄〟になるよう念じて、その名をつけたのだろうと。

「冬は冷たくて、拳が霜焼けになりそうになるよ。そんな時〝一番の拳〟じゃねえか、って思うんだ」

お菜は、そのがっしりした拳に注いでいた眼差しを、拳太郎の顔に移した。お菜の黒目がちな目に漲《みなぎ》る尊敬の色が、拳太には読めたのだろう。かれは声を上げて快活に笑った。

その時、遠くで雷が鳴った。

空を見上げると、いつの間にか大きな黒雲が、ぐんぐん広がっている。夕方のように辺りは薄暗かった。

「やっべえぞ、雷だ、土手を下りよう」

拳太郎はそろそろと立ち上がった。

二人が急ぎ足で土手を下り始めた時、ばらばらと大粒の雨が降りだした。お菜は懐から風呂敷を出した。帰りにおみやげを包むために用意してきたものである。二人で被ろうと自分がその端を摑み、もう一方の端を相手に預けた。

「いらねえよ、おいらは。自分だけ被れ」

「あんたが被らなきゃ、あたしもやめる」

「ばか言ってんじゃねえよ」

大人びた口調で言いながらも、照れたようにお菜に身を寄せ、一枚の風呂敷を二人で被った。一種の相合い傘だが、道行く人は軒先探しで走るのに忙しく、二人には目もくれない。

横殴りに吹き付ける白い雨の中を、二人はそのまま飛沫《しぶき》をあげて走り、人家の庇《ひさし》の下に飛び込んだ。

真っ黒な空を稲妻が切り裂き、雷鳴が轟き、天地を揺るがした。

あまりに突然の異変だった。二人は茫然と空を眺めつつ、言葉もないまま雨宿りした。そのうち雷は遠のき、雨はあっという間に小降りになってくる。

「お菜、おいらはここでおサラバだ」

と拳太郎は言った
「お前のおやじさんに叱られたくねえからな」

「帰る……?」

何となく心細そうにお菜は頷いた。本当は拳太郎と一緒に帰りたかったのだが、頑固な徳蔵に会わせたら何と言われるか、見当がつかなかった。

「お父っつあんは徳蔵って名でね、鷹匠町の坂下で〝あじさい亭〟って煮売屋してる。恐い人じゃないよ。だから、もし通りかかったら寄ってね」

「へえ、ま、いつかね。じゃあな」

かれは気がなさそうに頷いて、小やみになった雨の中に走りだして行った。

二

浅草で買って来た黄色い小菊の鉢は、美しく咲いた。

心待ちにしていた富坂町の餌差衆が店に現れたのは、その花がまだ次々と咲いている時分だった。

かれの本名をお菜は知らないが、通称〝甚《じん》さん〟と呼ばれ、角張った顔が真っ黒に日焼けした、寡黙な男である。

「たまにはムクドリでも差し入れろや」

などと酔客から冗談を言われても、にやにやして呑んでるだけだ。

江戸近郊の五里以内は、将軍家の鷹狩り場に決められた、いわゆる禁漁区である。

公儀の鑑札を持った餌差衆だけが狩猟を許され、それを持たぬ一般町人は、スズメ一匹獲っても罰金を課せられるのだった。

また網にかかったスズメとハト以外の鳥は、決められた問屋を通さなければならない。秘密裏に売買された鳥は隠鳥《かくしどり》と言われ、これまた処罰の対象となる。

皆はそんな厳しい決まりに反発し、わざと挑発するのである。

そうした客たちが帰り、甚さんだけになるのを待って、お菜はおずおずと声をかけた。

「甚さん、富坂の人でしょ。もしかして拳太郎って男の子、知ってませんか?」

「ケンタロー?」

「十四になるけど、もっと上に見えるかも……。皆はケンって呼んでます。ケンって

〝拳〟と書くんだって」

「はて、そんな子、知らんな」

甚さんは太い首を振った。

「その子がどうしたって？」

「いえ、ただ先日久しぶりに町で会ったから……。そのお父さんは以前は鷹匠で、今は餌差なんだって」

「そんな馬鹿な……あり得ねえ話だ」

甚さんは厚い口をすぼめ、困ったように笑った。

餌差衆は民間人だが、鷹匠はれっきとした幕臣である。

その長の鷹匠頭ともなると千石以上の旗本で、格が高い。その配下で鷹の飼育と訓練に当たるのが鷹匠同心と鷹匠見習いで、かれらは御家人である。

昔の餌差衆は、鷹匠配下にあったそうだが、今は御《お》鷹《たか》餌《え》鳥《とり》請負《うけおい》から鑑札を得た町人である。だから必ずしも富坂町に住んでいるわけではなく、御府内に散って猟をしていた。

「将来は鷹匠になりたいって言ってたけど」

「鷹匠にねえ、ん、ちょっと待った……」

笑っていた甚さんは何か思い出したらしく、ふと真顔になって、首を傾げている。

「そりゃアもしかして、助《すけ》さんとこの子じゃないかな」

「助さん……？」

「助三郎《すけさぶろう》って名の餌差衆のガキだが、鳥を獲るより鷹の世話をしたがるそうなんだ。それがまたなかなか上手《うめ》えって評判でね」

と目を遠くに向けて言う。

「その子、ケンって名じゃない？」

「さて名前はどうだったか。ただその子の父親は……小宮《こみや》って名前だったと思う」

「小宮助三郎？」

「いや、そうじゃねえ。その子の最初の父親で、たしかに鷹匠だった。親が鷹匠だから、鷹の世話に馴れてるわけだ」

「……そのお父さん亡くなったわけ？」

「ああ、そういうことだ。その子が七つか八つの頃かねえ、突然逝《い》っちまったんだ」

「で、お母さんは？」

「おっ母さんはどうだったかな……」

甚さんは、何か思い出したように口ごもった。

「たしかその子がまだ幼い頃に、離縁したんじゃねえかな……たしかそう聞いたよ。一人残されたその子を見かねて、親しくしていた助三郎が、家に引き取ったんだよ」

「ふーん」

（そういうことだったのか、それなら分かる）

お菜の疑問がようやく腑に落ちた。父親が〝鷹匠で餌差〟だという矛盾《むじゅん》が、これで説明がつく。父親は二人いたのだが、拳太郎はそれを言うのを省いたのである。

「じゃあ、あのケンって子は、みなしごなんだね」

（あたしと同じじゃないの）

お菜は小さい頃から、自分が貰い子だと知っていた。だから今さら悩んだりはしない。実の親が子を育てられず、一家心中しかねなかったところを、今のお父っつあんに救われたのだ。

それがあの頑固者の徳蔵で良かったと思う。

拳太郎も同じ境遇と聞いて、急に親しみがわいてきた。

「まあ、みなし子に違えねえが、助さん夫婦には実の子同様に可愛がられてる」

「その実のお父さんは何で亡くなったの？」

「さて、病気じゃなかったかな……」

そこでまたかれは口をつぐんだ。

甚さんから話が聞けたのはそこまでだった。

ちょうど二人連れの客が入ってきたのと入れ替わりに、かれは店を出て行った。

「お菜、甚さんに根掘り葉掘り、一体何を訊いてんだ」

二人連れが帰って店に客がいなくなると、徳蔵がまな板を拭き野菜を刻み始めながら言った。

「ああ、こないだ浅草で、甚さんと同じ町に住んでる子と偶然出会ったの。それでちょっと訊いてみただけ」

「言っとくがな、お客さんに、他人様のことをしつこく訊くもんじゃねえぞ。まして嫁入り前の娘だ。男の噂にあれこれ首を突っ込むなんざ、年増《としま》の女髪結《かみゆ》いのやることだ」

「ケンは友達なんだよ」

お菜が、妙にはっきり答えた。

「ちょっと気になることがあったんで訊いただけ」

とミョウガ売りで知り合ったことから、先日浅草でばったり会ったこと、どこかの店から叩き出されたところへ通りかかったこと、までを洗いざらい話した。言わなかったのは、不意の雨での〝相合い傘〟だけだ。

「ふーん、そうかい、幾つだ？」

「一つ上だって」

「なんだ十四か、若えなあ。まだ拳太坊じゃねえか」

と徳蔵は鉄太郎の口調をまねて〝坊〟を強く言った。包丁を持つ手だけは几帳面《きちょうめん》に動かしながら、さらに問う。

「その店で何があったんだ。店の名は覚えてるかい？」

「ううん、びっくりして看板なんて見なかった。でも料理茶屋だったように思う……」

「高級か下級か」

「うーん、高級かな……」

「ふむ。いや、その拳太坊がどうこうじゃねえがな、餌差衆ってのは一筋縄じゃいかねえやつが多いんだ」

鳥を獲る霞網《かすみあみ》には、スズメやハト以外にもいろんな鳥がかかる。それを決められた問屋に持ち込めば問題はないのだが、料理屋に直取引《じか》を持ちかける輩もいるらしい。

「まあ、ジカに取引したがる気持ちは分かるがね。苦労して獲っても、問屋でえらく買い叩かれる。餌差衆は、問屋なんか通したくねえはずさ。坊が叩き出されたのがもし高級料理屋なら、まずはそんな事情が考えられるってことだ……」

と徳蔵は含み笑いをした。

「ま、気になる男なら、一度うちに連れておいで。わしがよく見てやろう」

「お父っつあん。ケンはただの友達だよ」

お菜は不機嫌そうに言い、プイと奥に引っ込んでしまった。

とはいえ台所で水仕事をしながら、内心、不安でたまらないのだった。かれは〝そのうち〟と気がなさそうに言った。家なんかにたいして興味がないのだろう。

(あの人が、来てくれるはずがない)

今までこの煮売屋に、引け目なんか感じたことはなかった。

だが何故か、急にそんなことが気になりだしたのだ。いつの日か〝鷹匠〟になるはずの拳太郎が、こんなみすぼらしい煮売り屋なんかに来るはずはないと思われる。

一方の徳蔵は、娘のそんな思いも知らず、野菜を刻みながら考え続ける。

(十四じゃ酒はまだか。だがわしゃ十の頃から呑んでおった。お菜が連れてくる男も一杯呑ませりゃ、裏も表も分かるってもんだ……）

三

その数日後だった。

お菜は夏の間は滅多に風呂には行かず、毎日行水《ぎょうずい》ですましたが、肌寒くなってくれば近くの湯屋《ゆうや》に通うようになる。

その日、夕方までに総菜が売り切れたから、急いで出窓を閉めて後を徳蔵に任せ、一式抱えて湯屋に出かけた。

さっぱりして帰ってくると、店じまい寸前の店であの甚さんがまだ呑んでいた。

「いらっしゃい」

と顔を出して挨拶すると、徳蔵が難しい顔で言った。

「お菜、お前の友達、捕まったそうだよ」

「ええっ、捕まったってどういうこと？」

「先日、坊が叩き出されたのは『紅殻屋《べんがらや》』って料理茶屋だろう？」

「ああ……」

そういえばそんな名にうっすらと覚えがある。

「それが？」

「たった今、甚さんから聞いたんだがな、どうやら例の坊やが昨夜、またあの店に押し入ったそうだ。それで当直の奉公人と取っ組み合いになり、相手に怪我させたらしいぞ。本人は用心棒に取り押さえられたと……」

お菜は呼吸が止まりそうになった。

「で、番屋に突き出されたの？」

「店側は、そうしようと思ったらしいがね」

と甚さんが後を引き取った。

「これで三度目だそうだから。しかし図体はしっかりしても、何ぶんにもまだ子どもだ。公《おおやけ》になっちゃ可哀想だし、店の評判にも関わる。ここは内々に処理したい……ってんで、親の助さんに呼び出しがあったそうだ」

「どうして三度もその店に……」

「さあ、何か事情があるんだろう」

甚さんは曖昧《あいまい》に言った。

すると徳蔵は考え込むように口を挟んだ。

「何であれ、事情というものがあろうさ、百人おれば百人の事情がある。わしら、江戸中の人間の事情を知るわけにゃいかん。お菜、その友達、うちに連れて来んでいいぞ」

「初めからそんな気ないよ」

　ムッとしたようにお菜は言った。

「頼まれても連れて来ない」

「徳さんは、心配してるんだよ」

　と甚さんがなだめるように言った。

「いつだって、娘にいいムコ探さなくちゃって言ってるんだから」

「…………」

　お菜が何も言わずに奥へ引っ込もうとした時、戸口に聞き慣れた声がした。

「……ムコがどうしたって？」

　暖簾を割ってのっそり入って来たのは、鉄太郎である。

「あ、おじさん……」

　その顔を見たとたん、お菜の渋い顔に笑みが広がった。

　どんな時でも、鉄太郎のいかめしい顔を見ると、何故かいつも心が弾むのが不思議だった。

「もう店仕舞いかと、ダメモトで寄ってみたんだが……薄暗い中に、ポッと灯りがついてるのは嬉しいもんだね」

どうやら急いで歩いてきたらしく、顔が赤らんで広い額に汗が滲んでいた。

「そんなことはございませんよ、山岡の旦那、お久しぶりです」

徳蔵が頭を下げて言った。

「じゃ、まだ一杯ぐれェはいいんだな？」

「はいはい、一杯と言わず……すぐ支度いたしますが、提灯だけは下げさせてくだせえよ。お菜、外の灯りを消しておくれ」

入れ違いに甚さんがそそくさと帰って行き、店には三人だけになった。

「どうしたお菜坊、親父っつあんも、今日は青菜に塩みたいにしょったれてるぞ。ははーん、ムコがどうこうと聞こえたが、どうやらその話だな」

一杯を旨そうにあおって、鉄太郎が言った。

「いえね、旦那、お菜にいいムコをと思いきや……」

「お父っつあん！」

お菜は、湯上がりの顔を赤くして遮った。

急に気まずい沈黙になる。

「まあまあ、親子ゲンカはお櫃《ひつ》の飯が腐るって言うぞ。腐られちゃ困るから気をつけた方がいい」

鉄太郎が冗談めいて言った。

「いや、どうもお見苦しいところをすまんこって……」

と徳蔵が笑った。

「まあ、別に構わんさ、もしかしてムコの相談なら乗るぞ。他ならぬ菜坊だからね。おれは素面《しらふ》じゃ知恵なしだが、酒さえ入れば、いい知恵が浮かぶたちなんだ、ははは」

その言葉で、徳蔵は何か閃《ひらめ》いたらしい。

「それを窺って、一つ思い出しました」

とすかさず言った。

「おう、よしよし、何でも聞こう。その前にもう一杯たのむ」

と鉄太郎は茶碗を差し出す。

「では、お言葉に甘えて、一つ窺ってもよろしいかね。いえ、あいにくムコの相談じゃないですが」

チロリで酒を注ぎながら、徳蔵は言った。

「山岡様のような剣術方面のお方に、こんなことを窺うのも気のきかねえ話だと……」

「前置きはいい。何だ、その気がきかん話ってのは。遠慮なく言ってくれ」

「あの、もしかして御鷹匠のことをご存知かどうかと……」

聞いていたお菜はハッとして、父親の顔を見上げた。

（もしかしてあたしの友達のこと？　あれで気にしてたんだ）

「なに、鷹匠だと」

何でそんなことを、という目つきでかれは茶碗を口に運ぶ。

「へえ、わしら下々《しもじも》の者にゃ、御城のことはさっぱり分からんでね。そこの坂をせいぜい一往復するだけの毎日だて、坂の上や、そのまた向こうのこたァ雲を摑むようなもんでして。御鷹匠の事を知りたくても、一体誰に訊いたらいいもんやら。旦那にはまずそれを窺いてえわけでして」

「まさに雲を摑むような話だな」

鉄太郎はなぜかニヤリと笑った。

「鷹匠がどうしたのか。その何を知りたい」

「そうそう、まずそれを話しませんとな。いえ、なに、お聞きしたいのは簡単なことでして。その鷹匠は〝小宮〟という名前で、もう何年か前に亡くなったそうで」

徳蔵はさらに言った。

小宮鷹匠は十年くらい前に妻と離縁し、その数年後に男の子を一人残して死んだ。どんないきさつで、どのように死んだのか、それを知りたい……。

「なるほど、話は分かった」

鉄太郎は大きく頷いて、太い声で言った。

「そんなこたァはお安い御用だ。いや、その筋のことはたぶん、鳥見《とりみ》役人がよく知っておるだろうが……あいにく、鳥見には知り合いはおらん」

お菜は目を大きく開いて、かれを見た。

鳥見とは御鷹場の見張り役の、御鷹役人のことである。

「だがおれにはもっといいツテがある。実は懇意にしておる朋輩に、鷹匠がおるのだ。今は剣術の方が忙しいやつだがな」

「おお、それは……」

「おれより二つ下だから、二十三だ。うーん、やつが十年前のことを知ってるかどうか分からんが、その父親は千駄木《せんだぎ》の鷹匠組頭だ。おやじの方は当然覚えていよう」

ちなみに鷹を飼育する御鷹屋敷は、千駄木と雑司ヶ谷《ぞうしがや》にある。

それぞれの鷹部屋で飼育する鷹はおよそ五十羽。

それぞれの部屋に鷹匠頭一名、鷹匠組頭二名、鷹匠十六名、その下に鷹匠同心と見習いが六十名近く控えている。

つまり組頭といえば上級の鷹匠であり、二百俵高五人扶持と、その収入も高かった。

「そいつの名前は松岡《まつおか》という、今日も会ってきたし、たぶん明日も会うだろう。ちと変わったやつだが、訊けば必ず何かしら答えてくれよう……」

と少し考えるように口を噤んで、続けた。

「屋敷も小石川にあるから、近いんだ。まあ、三日待ってくれるかな。それまでに何かしら突き止められよう」

お菜は思わず徳蔵を見上げ、何となく顔を見合わせた。

鉄太郎がいともあっさり請け負ってくれたこと、それも三日あればと見得を切ったことに、二人とも心底驚いていた。

(何て頼もしいおじさんだろう)

四

この頃の鉄太郎は、怒濤《どとう》の忙しさの中にあった。

昼間はほぼ毎日講武所の公務があったし、千葉道場に顔を出して自らの剣術を磨くことにも余念がなかった。

さらに神田お玉が池の清河邸では、〝虎尾の会〟が夜な夜な開かれて、尊攘派の壮士が謀議を巡らしていたのである。

井伊大老事件の後、かれらの主張はさらに過激になっていた。

敷地内には二階建ての土蔵があり、密談はその一階の座敷に集まって行われる。酒を呑み、連日連夜、火を噴くように論じ合う。

血の気の多いほぼ十五人の若者が顔を突き合わせ、目を怒らせて激論を戦わすのである。

その内容は決まって〝誰を暗殺するか〟だった。

「異人どもをどうやってやっつけるか」

「いつ決行するか」

で一同は燃え上がる。

「焦って結論を急いではしくじるぞ」

と清河になだめられると、

「ぐずぐずしておれば機を逃す、おれ一人でもやるぞ」

と誰かがすぐに殺気だつ。殺伐《さつばつ》たることこの上ない。

清河八郎は首魁《しゅかい》だけに、さすがに慎重だったが〝要人暗殺も辞さず〟という武闘の構えは崩さない。しかし同じ会にあっても、鉄太郎だけは暗殺や闇討ちには懐疑的だった。

近頃のかれは、〝剣は人を斬る具にはあらず〟という信念を強めているのである。

「人を殺すのは好ましくねえな」

とかれはいつも主張した。

「それに一人二人斬ったところで、代わりは幾らもいるんだ。暗殺はいらざる私的怨恨や、敵愾心《てきがいしん》を煽《あお》り立てるばかりで、攘夷には有効な戦術ではない」

それに対しては、非難ごうごうだった。

いわく「人を斬らぬ剣とは何なんだ、おぬしが腰抜けというだけのことじゃないか」

いわく「代わりは幾らもいると言われるが、じゃあ家康《いえやす》公信長《のぶなが》公に代わる人物がおったか。代わりがいないからこそ要人であり、その暗殺こそが、亥狄の心胆《しんたん》を寒《さむ》からしめ得るのだ」

「しからば暗殺に代わり、わが国が腰抜けではないと亥狄に示す有効手段とはいかに！」

と問いかける者に対して、誰かが声荒く叫ぶ。

「異人館の焼き討ちだ！」

「そんなもの焼き払ったところで再建されるのみではないか」

と清河が冷静に返す……。

かくて謀議は毎晩どうどうめぐりを繰り返すのだった。

なかなか〝決行〟に至らないため、功を焦り、焦れる者が出てきた。血気にはやり、熱情のはけ口を求めるかれらは、鉄太郎の知らぬところで、すでに思いがけぬ発散法を見いだしていた。

〝辻斬り〟だった。

辻斬りは実戦の〝胆力〟を養い、攘夷決行のための実地訓練なり……とかれらはこじつける。だがいったん人斬りに手を染めると、その快感が忘れられず、さらに二人三人と犯行を重ねていく。

そんな悪癖に淫《いん》した一人が、松岡だった。

「おぬし、何人斬った。おれは……」

などと自慢げに囁き合う声を、鉄太郎は全身をこわばらせ、端座して聞いた。

(これはいかん)

とかれは肝を冷やした。

(これではただのゴロツキとどこが違う……)

こんな灼《や》け爛《ただ》れた熱夜をやり過ごす良策が、何かないものか。

かれはそう考え、ひねり出したのが〝豪傑踊り〟という奇妙な踊りである。

議論に行き詰まると、酒の四斗樽を持ち出して擂《す》り粉木《こぎ》で太鼓代わりに叩きまくる。

面々はすっ裸で円陣を組み、拳を宙に突き出して踊るのだった。

「えいやさッ、えいやさッ」

と掛け声をかけ、明け方まで踊り狂えば、血の気も発散される。少なくとも辻斬りに向かう者は減った――。

徳蔵から鷹匠の一件を聞いた時、すぐ鉄太郎の頭に浮かんだのはこの〝人斬り〟松岡だった。辻斬りに出たくてたまらぬ歪んだ熱情の持ち主だが、一方では、山岡家にもよく来る親しい朋輩だった。

松岡萬、天保《てんぽう》九年生まれの二十三歳。

剣術と学問にたけていて、骨格のしっかりした堂々たる体格の持ち主で、鉄太郎と同じ幕臣だった。

初めの頃は、攘夷がまだ〝倒幕〟を意味していなかったから、このような〝尊攘派でありつつ幕臣〟が存在し得たのだ。だがこの矛盾はだんだんはっきりして来て、鉄太郎を悩ますことになる。

松岡家は代々鷹匠組頭をつとめ、将軍に直々《じきじき》に仕えた由緒ある家柄だった。萬も鷹匠であり、そのうち組頭になる定めだが、今は清河八郎に傾倒し、秘密結社〝虎尾の会〟にうつつを抜かす熱烈な尊攘派である。

「一体どういう経路で〝鷹〟が〝虎〟になったのか？」

鉄太郎はよくそう揶揄《からか》った。

日頃は能弁で過剰に喋るこの松岡が、この問いにばかりはにやにやするばかりで、何も答えようとしないのだ。

この変わり者の〝奇行〟の一つが、辻斬りだった。

二つめに、頼山陽《らいさんよう》の息子で儒学者の頼三樹三郎《みきさぶろう》が、〝安政の大獄〟で井伊直弼によって処刑された時、かれは小塚原《こづかっぱら》刑場にしのび込んで、その片腕を盗み出し、神棚に祀《まつ》ったという逸話である。

家は同じ小石川にあったから、徳蔵と会った翌日、鉄太郎は会の帰りに松岡を自宅に誘った。

もう遅い時間だったが、松岡は途中のどこかで五合徳利を都合して、山岡家になだれ込んできた。

三枚の畳の上でまず酒を酌み交わし、座が温まったところで、十年前に物故した鷹匠〝小宮〟について訊ねてみた。

「……小宮？」

その名を聞いて、松岡は驚いたように丸い目を見ひらいた。

そして遠い記憶でも探り出すようにしばらく沈黙してから、こう問うのである。

「あの小宮正兵衛《しょうべえ》のことか？」

「〝あの〟と言われてもおれは何も知らんが」

鉄太郎は言った。

「小宮鷹匠について知りたがっておる者がいる。与えられた手がかりは、鷹匠だったことと、小宮という名前と、子どもを一人残したという、この三点だけだ」

「うむ、それで充分だ」

　と松岡は彫りの深い顔を大きく頷かせた。

「小宮正兵衛なら、知ってるさ。当時なら、おそらく知らん者はいなかったろう。特に千駄木で父の配下だったから、わが家に来たこともあるんだ」

　人柄が端正で、礼儀正しくて、いかにも鷹匠らしい鷹匠だったという。松岡はまだ十かそこらの子どもだったが、その人に憧れていたように思う。

「鷹匠はいいものだな、と思わせてくれたのが小宮さんだ。あの人のようになりたいと思った。だから今でもよく覚えてるんだ」

　松岡がここで、件《くだん》の鷹匠についてひとしきり語った話をまとめると、次のようになる。

　名前は小宮正兵衛。

　若い時分から膂力《りよりよく》が自慢で、鷹の扱いに巧みで、鷹匠としての将来を嘱望されていたという。

　十五年前にお関《せき》という町人娘を嫁に迎えて、所帯を持った。

　お関は花川戸《はなかわど》の料理茶屋の娘で、たいそうな別嬪《べっぴん》だったらしい。二年後には男児を授かって、人も羨む新婚生活を過ごした。

しかし何があったものか、子どもが未だ幼児のうちに、離縁したのである。そしてその数年後に〝事件〟が起こる。

「事件とは……？」

と鉄太郎はすかさず突っ込んだ。

「事故かもしれんが、まあ、事件と言っていいと思う。小宮さんはいわゆる不審死を遂げたのだ」

その日のことは、大人達の噂でよく聞き知っていた。

小宮はその日、目黒筋《めぐろすじ》での鷹狩りに随行していたが、鷹が何かの物音に驚いて飛び立ったまま腕に戻って来なかった。

そこでかれは鷹を探して足場の悪い谷に分け入ったのだが、それきり帰って来なかったのである。

連絡を受けて捜索に入った役人が、崖下に転落して息絶えた小宮の亡骸《なきがら》を発見した。

「千駄木の鷹匠部屋じゃ大騒ぎになって、いろいろ噂されたようだ。その小宮正兵衛の事件は、部屋の誰も知っていたが、世間でじゃ何も知らぬまま葬られたということさ」

「〝事件〟とはどういうことだ。単に足を滑らせた事故とは、考えられんのか」

「うむ、おれはまだ子どもだったから、それ以上詳しいことは知らんよ。しかし小宮さんは、たぶん謀《はか》られたと思う」

と松岡は言い、酒をあおった。

五

小宮の妻お関の実家はもともと小さな料理屋だったが、小宮と結婚してから、非常に繁盛したらしい。

そのうち妙な噂がたつようになった。

江戸から五里以内にある公儀の御鷹場、十里以内にある御三家の鷹場、その外に設けられた公儀の捉餌場《とりかいば》（訓練場）。この三カ所を〝御留場《おとめば》〟といったが、ここは禁漁区だった。

ここでこっそり獲る鳥を〝盗鳥〟と呼ぶ。

それを防ぐために、問屋は売却する鳥に焼印を押さなければならなかった。この焼印がない鳥は〝隠鳥〟と呼ばれた。

そのような不正の鳥が、小宮を通じて〝こっそり妻の実家に流されている〟という噂である。

実際その店は、鳥料理が旨いと評判だったという。

そんな根強い噂に、鳥見役人の検《あらた》めが入ったが、もちろんそんな事実はなかった。

だがそんな噂が消えぬうちに、今度は、正兵衛が農民たちから献上された鳥を受け取っている、という新たな噂がたった。

お鷹場に指定されている江戸では、〝鷹場法度〟といわれるさまざまな決まりがあった。田畑に案山子《かかし》を立ててはならぬ、銃を使ってはならぬ、小屋を建ててはならぬ……。

鷹狩りがあれば、農繁期でも農民たちは人足として協力しなければならない。穀類が実りつつある畑でも、鷹狩りの人馬が駆け抜けることもあった……。

そうした被害から免れたり、使役を免除してもらうため、農民達が密かに盗鳥や隠鳥を、力ある鷹匠や鳥見に〝賄賂〟として差し出す例が絶えなかったのだ。

逆に手加減する見返りに、賄賂を要求する鳥見もいたという。

そうした不正を誘発する鷹場でのご法度を、小宮正兵衛は、いつも批判していたのである。

「農作業に追われる民を狩り出して手助けさせたり、せっかく実った麦畑に馬で踏み入るやりかたは、民に慈悲深い将軍のなさることではない」

と何度も建白書で御上に訴えていた。

畑を荒らされた村で義憤が暴発しそうになった時など、小宮がその言い分を聞いて、お上に上申したこともあった。

そうしたことで小宮は、〝鷹狩り推進派〟の鳥見役人や鷹匠の一部からかなり憎まれていたらしく、嫌がらせが頻発したらしい。

あらぬ噂がたつたびに、鳥見の検閲は、お関の実家にまで及んだという。

小宮も身の危険を感じることがあったのか、ついにお関を実家に返した。だがその時お関は、我が子を武士として育てたかったらしく、息子を父親の元に戻した……。

小宮が不審な死を遂げたと聞いた時、松岡家では〝起こるべきことが起こった〟と噂し合ったという。


「それが、おれが小宮正兵衛について知るすべてだ」

と松岡萬は言った。

「小宮さんの言い分は正当だった。お遊びで、将軍が民をこんなに縛りつけるなど言語道断じゃねえか。鷹狩りは戦の練習でもあるとも言われてきたが、大砲積んだ亥狄の軍艦が、そこの品川沖に現れる時代なんだぜ。そんな時に山中で、のんびり戦の練習など、お笑い草もいいとこだ。鷹匠のおれが言うのも不穏だが、はっきり言わしてもらおう。鷹狩りは前世紀の遺物だ」

「なるほど」

「鷹狩りは大好きだった。しかしおれは小宮さんの事件で、徳川幕府がその根本に孕《はら》む腐敗に目ざめたのだ」

と松岡は言い放った。

「つまりそれが、〝鷹〟から〝虎〟に移った理由だよ。おれは虎尾の会で、世直ししたいと思う」

「ふーむ、なるほど」

感じ入ったように鉄太郎は大きな息をつき、相手の茶呑に酒を注いだ。

「で、もう一つ……お関さんの実家はどうなったんだ？」

「はて……」

と松岡は首を傾げたが、すぐに答えた。

「自分の事で忙しくて、そこまでは関知しちゃいねえ」

そして今夜は月が綺麗だからと珍しく風流なことを言い、泊まらずに帰って行ったのである。

きっちり三日めにあじさい亭に現れた鉄太郎は、以上のようなことを、徳蔵とお菜に報告した。

肝を潰して黙り込んでしまった父と娘に、かれはさらにつけ加えて言った。

「……その松岡だがな。深夜まで呑んで帰った翌日、つまり昨日だが、久しぶりに千駄木のお鷹部屋に出むいて、古い帳簿を調べ上げたというんだ」

「へえ」

「その結果を手紙に認《したた》めて、下僕に家まで届けさせてくれた」

とかれは懐から手紙を出して見せた。

「いや、やつはさすがに壮士だな。血の気が多過ぎるんで、おれは〝人斬り〟松岡と呼んで危険視してきたが、やることは徹底しておる。この手紙によればだ……」

お関の花川戸の実家は、数年前に潰《つぶ》れたのだという。

だがそれからどんな経緯があったものか、去年の半ば、浅草に新たに料理茶屋を出した。『紅殻屋』という。奉公人が十人以上いる贅沢な造りの店らしい。

お関は今、そこの女将に収まっているという。

「……てえことは、つまりどういうことなんで？」

とおずおず徳蔵が問うた。

「わしには何が何やらさっぱり……」

「あいにくおれにも分からん。ただ小宮鷹匠はおそらく、そのお関を嫁にした時は、えらくやっかまれていたとは思う」

と鉄太郎は、そばで熱心に聞いているお菜をチラと見て、どこか言いにくそうに口ごもった。

「お関さんは大変な美人だったそうでね。その上、目はしの効く利口な女でもあったわけだ。名前は知らねえが、金持ちの鳥問屋の旦那が、裏で面倒見ておるそうだからな」

「………」

お菜は押し黙って、かれを見ていた。

もう十三歳。〝妾〟とか〝囲い者〟という言葉を知らない年頃ではない。お客ばかりか、近所の子がませた口調で使うそんな言葉を、いつの間にか頭に収めている。

お関さんはきっと鳥問屋の旦那の〝妾〟になって、紅殻屋の女将になったのだろう、ぐらいのことは察しがついた。

だがどうしてなのだろうと不思議な気がした。

お関さんは、もしかして小宮正兵衛の妻だった時から、隠鳥を何らかの手段で問屋に下ろしていたのだろうか。

だから離縁されたということか……？

あれこれと考えてみたが、お菜にはとても解決つかなかった。

六

その夜、お菜は一つの夢を見た。

鉄太郎に聞いた話が甦って、なかなか寝付けない夜だったが、それでも昼の疲れでとろとろと寝入った時、生々しい極彩色の夢が物語を紡《つむ》いだ。

あの拳太郎がどこか緑の丘の上に立っている……。

そのしっかりした拳に、鷹が止まっていた。

見事な大鷹だった。気持ちを合わせるように、鷹と少年は、じっとそこに立ち続ける。どこかの隅を白いものが駆け抜けた。

ウサギだ、瞬時にかれは鷹を飛ばす……鷹は大きな翼を広げ、真っ青な大空に飛び立っていく……。

ハッと目が覚めて、その美しさにお菜は胸が痺れていた。

何と優雅で、鋭い姿だったろう。

陶然として繰り返しその夢を思い浮かべながら、だんだん現実の問題に移っていく。

お関さんは母親なのに、どうして我が子拳太郎を叩き出したりしたのだろうと。

番屋に突き出さなかったのは、やはり母親の差し金だろう。

もしかしたらさすが強者のお関さんでも、己れを恥じるところがあったのだろうか。

一生、息子とは会わず、母親と名乗ることのないまま、生きるつもりだったのか……?

その謎は、十三のお菜には解けそうにない。

この世間には謎がいっぱいだ……。

ケンがそんな事情をどこまで知っていたのかも、分からない。

あるいは何も知らず、ただあの料亭の女将が母親だと誰かから聞いて、無謀に押し入ったのかもしれない。

もし本当の母がそこにいると聞いたら、あたしはどうするかしら。そんなことを考えると、また眠れなくなる。

そのように悶々としているうち、何時頃だっただろうか。

どこかで……いやあれは勝手口だろう、その板戸を小さく叩く音が聞こえたのだ。

ドキリと胸が鳴った。

耳をすますと、隣室から徳蔵の軽い鼾が聞こえてくる。

お菜はそっと起き上がり、寝間着の襟を掻き合わせつつ、足をしのばせて勝手口に出てみた。

心張り棒を外して細めに戸を開くと、そこの暗い闇に佇んでいたのは、やはり拳太郎だった。

「ごめんよ、こんな時間に……。お前が出てくれて良かった。おやじさんだったら逃げようと思った」

と低い声が囁いた。

「うん……ケンだと思ったから」

と外に出て、声を潜めた。

外気はひんやりしており、美しい月が昇っていた。草むらで虫がすだき、遠くで犬の遠吠えがする。

どちらからともなく肩を並べて歩きだす。

「どうしたん？」

「……お別れに来たんだ」

お菜は息を呑んで足を止めた。

「お別れって……どこかへ行くの？」

「おいら、江戸を出る。明朝早く、迎えが来るんだ」

「江戸を出るって……どうして？　どこへ行くの？」

「たぶん蝦夷地《えぞち》だ」

「え、エゾ……！」

肝が潰れて声にならなかった。

「あの店でおいら、人をケガさせちまった。向こうが突き出した棒を、逆に突き返して、腹に穴を開けちまった。死んじゃいないし穴は塞がったけど、江戸にはいられねえよ。店の方で、下手人は逃げたことにしてくれたんだ」

「……でもどうしてエゾなんかに」

「二、三年はどこかに隠れてろと……」

「向こうが言うん？」

「そうだ、どうせ逃げるんならさ、おいら、思いきって遠くへ行きてえんだ。ちょうど津軽《つがる》まで行く商人がいるから、連れてってもらうことにした」

「でも津軽までは、何百日も歩くんだって？」

「四、五十日だって」

「エゾはそこからまた船に乗るんでしょう。寒さで涙も凍るんだってね」

「………」

庭の外れの闇の中に、白いものが見えた。

そこにひとむらのカラスウリの茂みがあって、もう秋だというのに幾つもの白い花をつけていたのだ。それが月光の中に、白く浮き上がって見えている。

遅咲きのカラスウリで、いつも夏が過ぎてから大きな白い花を開く。お菜は拳太郎を振り向いて言った。

「ほら、カラスウリの花が咲いてるよ、ちょうど誰かに見せたかったところなの。この花は、日没から咲きだして、夜明け前に凋《しぼ》んじゃうんだ」

と唄うように説明し、ついでのように小声で囁いた。

「お母さんには会った？」

「え……」

拳太郎はハッと驚いたようにお菜を見た。

じっと闇の中で目を凝らし、探るように見つめていたが、結局は何も問わずただ頭を横に振った。

「何でも知ってるんだな、お菜は……」

「店に、餌差衆が来るから」

「心配すんなって、会わなくたっておいらは大丈夫だ」

「いつ帰ってくるの？」

「………」

その時、お菜……と奥で呼ぶ声が聞こえた。

拳太郎は慌てたように振り返った。

「おいら、もう行くよ。きっと帰ってくるから」

ギュッとお菜の手を握ると、走りだした。

何度も振り返って手を振りながら離れていく。その頰に月光がさし、涙が光って見えた。

あたしの頰もあんな風に光って見えているのかな、と思いつつお菜も手を振り続けた。

冴え冴えとした白い月が、高く昇っていた。

夜気はさらに肌に沁み、リーンリーンと一斉に虫がすだいている。湿った闇に、キンモクセイの香りが溶けていた。

第六話　ヘンリーさん

一

「トラ……トラ……」

　その日の午後も遅く、お菜は低声《こごえ》で呼ばわりながら、枯れた茂みをかき分けた。

　万延元年十二月六日。朝から北風が強く吹きまくり、冷たく晴れ渡った空に陽は傾きつつあった。

　お菜は御簞笥町《おたんすまち》の菓子屋に総菜を届けた帰りで、近道して、日頃あまり通らぬ淋しい路地を急いでいた。屋敷の裏塀と寺の築地《ついじ》に挟まれた細い道で、吹き抜ける木枯しに枯葉が音をたてて渦巻いている。

　この路地を出ると、道は地蔵堂のある草むらを抜けていく。秋口は一面に彼岸花が咲いていたが、今は枯れた雑草が風に揺れていた。

道端に出来た水溜まりには、子犬の死骸が浮いている。

顔をそむけ急いでその横を通り過ぎようとした時、お堂を囲む茂みの中からガサガサと何かが這い出て来た。

「あっ、トラ……」

とお菜は声を上げた。

薄汚れているが見覚えのある猫だった。隣の家に住む左官の三十次が、この夏頃にどこかから拾ってきたあの大きな雉子虎《きじとら》の猫に違いない。

図体は大きいが、毛艶や敏捷性からして、まだ一歳半くらいの若猫だという。トラと名付けられたその猫が、二、三日前から居なくなった。三十次が探し回っていたから、お菜も一緒に探したりもしたが、まだ見つかっていない。

「野良上がりが一日二日見えなくたって、騒ぐこたァねえ」

と徳蔵は笑った。

「オス猫は、サカリがつきゃァ何日だって帰らねえもんだ。そのうちひょっこり帰るさ」

だが三十次はこの猫を、よく懐に入れて可愛がっていた。夜は出さなかったし、夕方の餌の時間に帰って来ないと、必死で近場を探し回るのだった。

そんな人騒がせな猫が、不意に目の前に姿を見せたのだ。

こんな所まで遠征していたのかとお菜は驚き、その場にかがみ込んで手を差し伸べた。

「トラ、あたしだよ！　さあ一緒に帰ろう」

と近づくとさすがに猫も見分けがついたらしく、尻尾を揺らめかせながらすり寄ってきた。

だが抱き上げようと手を伸ばすと、嫌がって走りだし、寺の横の細い坂を少し上って、斜め向かいの庭へと逃げ込んだ。

(ばか猫が！)

舌打ちしてすかさず後を追って行くと、その家は空き家らしく、破れ塀に囲まれた庭は荒れ放題だった。壊れた門からそっと入ってみると、雑草には踏みしだいた跡があり、奥に回れないこともなさそうだ。

もう西の空が茜色《あかねいろ》に染まっており、夕闇がすぐに下りるだろう。

こんな時間に廃墟《はいきょ》に踏み入るのは心弾まないが、せっかく見つけたのだ。何とか捕えようと勇気を出して、猫が消えて行った奥の茂みへと向かった。

だがその家を回り込もうとした時、ハッと足がすくんだ。

どこかで誰かがクシャミをし、続いて咳こむ声が聞こえたのだ。

誰かいる……！

とっさにお菜は、物陰に身をひそめて様子を窺った。

「ふう、寒……やってらんねえな」

と男が低声で言っている。

「……センセイ、今夜も帰《け》ェらねえんじゃねえか」

もう一人が呟く。

「夜番でなくて良かったよ」

「交替までもうすぐだ……その後くり出すか」

「いいねえ、こんな夜はキュッと熱燗で……」

(張り込み？)

お菜は何となくそう思った。その途端、不意にこの界隈の地図が頭に浮かんだ。

あの道からお地蔵様の細い道に出て……猫は細い坂を駆け上がり……と辿ってみると、この家の裏庭から、もしかして〝あの通り〟が見えることに気づいた。

あの通りとは、山岡家と高橋家の並ぶ通りのことだ。

鉄太郎はおそらく通常、神田お玉が池や日本橋に通じる右方向から帰ってくるようだ。左は音羽の方へ向かっていて、界隈には寺が多い。

……とすれば、かれの帰宅姿はここから見通せるはずだ。

見張られているらしいセンセイとは、鉄太郎のことではないか。

そう思うと、ドキンと胸の下が縮んだようだった。

何かあったのか？

何かの疑いで、役筋に張り込まれているに違いない。

急に不安が胸一杯に溢れて、もう猫なんてどうでもよくなった。お菜は足音をしのばせてそろそろと後じさり、枯れ草を踏まぬよう抜き足差し足で、何とか門から外の道に出た。

辺りにはもう薄く闇が漂い始めていて、何かが焦げるような冬の夕方特有の匂いがたちこめていた。

勢いよく走り続けて店に戻ると、中から女の声が聞こえた。女客なんてこの店には珍しいことだ。

(誰かしら)

興味をそそられてまずは勝手口から入り、まだ荒い呼吸を押さえながらそっと覗いた。すると思いがけない客が酒樽に腰を下ろしているではないか。

驚いて立っていると、女客は気配に気づいて、すぐにお菜に視線を向けた。

「まあ、お菜ちゃんじゃないか！　そんな所に立ってないで、こちらにお入りよ」

と女は手招きした。

「ちょっと見ない間に、大きくなったじゃない」

それはお隣の三十次の女房、お六だった。

自ら家を出て行ったか追い出されたかは、徳蔵もこの長屋の誰も知らない。亭主がほとんど何も語らないまま、もう二年近くも姿を見せていなかった。

離縁したものと思っていたが、そうでもないのか。

お菜が何より驚いたのは、気さくだった〝お隣のおばさん〟が、〝美しいお姐《ねえ》さん〟に変身していたことだ。

もともとが色白の小顔に、花が咲いたように目と口が大きく、ぽっちゃりした顔立ちだった。それが今は、その大きな目元と唇に濃い化粧を施している。地味だった着物も、今は紫地に赤と黄の椿が染め抜かれた、いま流行《はやり》の銘仙《めいせん》である。

たしか二十四、五になっているはずだが、もっとずっと成熟した、年増女の色気さえ漂わせている。

一体今頃、なぜ戻ってきたのだろう。このままよりを戻し、ずっと居るつもりなのだろうか。

「こんにちは」

店に入ってきちんと挨拶したものの、お菜の頭の中はそんな疑問で一杯だった。外から来たばかりのせいか、店内はひどく温かく、食べ物の匂いで噎《む》せそうだった。

「しばらくねえ。もともと可愛い子だったけど、何だか色っぽくなったんじゃない?」

懐かしそうにお世辞を言うお六を、

「色っぽくなったのはお前さんだろ。十三のねんねに、色気もへちまもあるもんかね」

と徳蔵はにべもなく突き放す。

「あら、十三って、もう適齢期《としごろ》じゃないか。あたしなんかもう何もかも知ってたもんよ。そういえば、来年、京から天下《あまくだ》ってくるとかいう宮様だって……」

孝明《こうめい》天皇の御妹和宮《かずのみや》が十四代将軍家茂《いえもち》公に降嫁することが、この秋に決まり、最近になって正式に公表されたばかりだ。幕府は京の堂上家《どうじょうけ》に一万五千両を贈ったといわれ、江戸中の噂になっているところだった。

「和宮様なら、十四だよ。宮様とお菜を比べたって仕方ねえ」

と徳蔵は苦々しげだ。

「あら、そう？　でも和宮さんだって、いつまでもねんねじゃいられないでしょ。大奥に入りなさるんだから」

「お前さんの心配するこっちゃねえ」

徳蔵はまな板をせわしなく拭きながら、お菜に言う。

「ほれ、ぼうっとしてねえで、灯りを入れておくれ。ここんところ、陽の落ちるのが早くなった」

お菜は慌てて、天井から吊ってある小ぶりな八間行灯《はちけんあんどん》を下ろし、灯心に火を入れてまた吊り上げる。

次に表に出て、〝あじさい亭〟と文字が書かれた軒行灯にも火を入れていると、お六の声が中から聞こえてくる。

「……徳さん、総菜を折に詰めといておくれな。今夜は久しぶりの酒盛りだからねえ」

「何がいいね」

「蕗《ふき》とニシンの煮物と、子芋の煮転がし……」

お菜は吹き寄せる北風に凍えながら、鉄太郎が来ないかと時雨橋の方を眺めて、しばし立っていた。

いっこうにその気配はないが、もう少しもう少し……ととっぷり暮れた暗い空を見上げながら足踏みをする。

そういえば今年の雛祭りは雪だったが、あの前夜もこんな暗い寒々しい空だったっけ。あの夜のこと、あの翌日に起こったなまなましい事件を思い出していると、遠くから近づいてくる足音が聞こえた。

だがそれがおじさんのものでないとすぐに分かり、逃げるように勝手口から中に入った。

戸口でじっと窺っていると、隣家の玄関の戸がカラカラと開く音がした。亭主の三十次である。

何かぼそぼそと徳蔵と喋っていたお六は、戸の開く音を聞いて、すぐに総菜を持って出て行ったらしい。お菜が店を覗いてみると、すでにその姿はなかった。

「ねえ、お父っつあん、あのお六さん、どうして帰ってきたの？」

と待ちかねたようにお菜は訊いた。

「知らんな」

父親は不機嫌そうに答えた。

「今、何をしていなさるの？」

「知らん」

「もう出て行くの止《や》めたのかな？」

「知らんといったら知らん」

あまり機嫌が悪いので、お菜は鉄太郎の話を口に出しそびれ、その日は胸に畳んだままだった。

二

その夜の隣家は、ひどく静かだった。

もしかしたら怒鳴り合う声がするとか、お六が飛び出して行くとか、何かと興味をそそられて耳を傾けていたが、ただボソボソ喋る声が聞こえてくるだけだ。

そのうち、徳蔵もお菜も昼の疲れで寝込んでしまった。

翌七日の朝は、三十次が先に起きたらしく、いつものように盛大にうがいをする声が聞こえて、やがて早々と出て行ったのである。

「お隣さん、仲直りしたみたいだねえ」

「……さてどうだかな」

と父親は相変わらずそっけない。父と娘は、言葉少なにそんなことを言い合いながら、総菜作りに精をだした。

この日も北風が強く吹いていたが、その昼下がりになって表戸が勢いよく開いて、男の声がした。

「親父っつあん、忙しいとこすまんがね」

見ると、高橋家の従僕兵次郎が、いつものように暖簾からその角張った顔を出している。

「ここんとこ、山岡の旦那は来なすってるかい？」

と客のいない店内をキョロキョロ見回して訊く。

「兵さん、中に入ェんなって。暇だってこたァ一目見りゃわかるだろう。そのロクロっ首じゃ、落ち着かなくていけねえ」

「ロクロっ首で悪かったな、じゃァちょっと……」

とかれは中に入って来た。

「鉄旦那なら、そういや、ここしばらくお見えにならんよ」

徳蔵がおもむろに言う。

「そうかい、それだけ聞きゃ用は済むんだ」

「何だよ、何かあったのかい？」

「いや、一昨日《おととい》の例の事件さ……」

兵次郎は声を潜める。

「え、一昨日といえば……五日のあのえらく寒い夜のことかね。あんな夜に、何かあったのかい？　ここは田舎で、わしら世の中のこたァ何も知らん。まあ、一杯呑みなって」

徳蔵は湯呑に一杯注いで、差し出す。兵次郎は有り難そうに手刀を切ってチビリと舐め、顔を上げた。

「じゃあ、何かい、ほんとに何も知らんのか、アメリカ人が斬られたんだよ」

「また異人斬りかい？」

血腥《ちなまぐさ》い風が、鼻先を掠めたようだった。

今までどれだけの異人が、攘夷を唱える志士たちの凶刃《きょうじん》に倒れたことだろう、とかれは思った。

徳蔵が覚えているだけでも、去年は横濱でロシア人水夫が二人、今年の正月にはイギリス公使館に奉職していた日本人通詞《つうじ》が、また二月に入ってからはオランダ商館長とその部下が、それぞれ斬殺されているのだ。

「そうさ、今度は麻布《あざぶ》だって。何でも麻布中ノ橋あたりで殺《や》られたらしいね」

「江戸のど真ん中だな。今度のアメリカ人は何者だ」

「ええと、ヒュースケンとかいったかな。アメリカ公使館のエライさんなんで、御城じゃ大騒ぎだって話だぜ。攘夷筋は、片っ端からお調べを受けてるらしい……」

「鉄おじさんが、何か関係あるの？」

お菜はすでに近くに来て、耳をそばだてていたが、突然待ち切れなくなったように話に割り込んだ。

「お菜」

徳蔵が睨んだ。

「大人の話に口出すんじゃねえ。奥に行って火を見ておれ」

「ううん、お父っつあん、そうじゃないの。あたし昨日、変な人達を見ちゃったんだから」

とお菜は一晩胸にしまっていたことを、初めて話した。

話を聞いて、徳蔵は驚いたように細い目を開いた。

「兵さん、こりゃどういうこった。まさか旦那が異人斬りに関係してるなんてこたァ……」

「それが分かんねえから、躍起になってんだよ。鉄旦那はあれで人斬りは嫌ェでね、これまで一度も人を斬ったことのないお方だがな。ただ……五日の夜のお帰りがなかったんで」

「お帰りがねえのは、五日の夜に限ったことじゃなかろう」

「うん、そりゃそうだが、どうも、よくお屋敷に来て呑み騒いでいるお歴々……あれは清河塾っていうのかな、あの連中が攘夷派らしいんでね。連中と付き合いがあれば、山岡の旦那にも影響があるんじゃねえかと、高橋の御隠居がえらく心配していなさるよ」

「清河塾……」

徳蔵はあまり聞いたことがないらしく、怪訝そうな顔をしている。

だが、お菜には何度か見かけているあの清河八郎の姿が、鮮明に浮かんでいた。

とても異人斬りなどするとも思えぬ、知的で、秀才然とした人物だったが、どこかに危険の匂いがしたことが、今になって思い浮かぶ。

お桂もやきもきしているのではないかと思った。

一杯呑んで兵次郎がそそくさ帰ると、徳蔵は店に入って来るお客を掴まえては、片端からヒュースケン情報を聞き込んだ。

近所のお店者《たなもの》はほとんど知らなかったが、江戸中を売り歩く棒手振りや、日本橋の魚河岸に出入りしている商人達は、たいてい何かしら情報を聞きかじっていた。

そんなかれらが少しずつ答えてくれた断片をかき集め、後に聞いた情報もつけ加えると、事件の全容はおよそ次のようになる。

ヘンリー・ヒュースケンは、アメリカ公使ハリスの通詞だった。

オランダ人だが、二十一歳で新世界アメリカに渡り、ニューヨークで二年間のさすらい生活を送ったあげく、その語学の才をハリスに認められ通詞として雇われる。

蘭語、仏語、英語、独語を自在に操ったが、安政三年（一八五六）二十四歳でハリスと共に来日してからは、さらに日本語をもこなす異才ぶりを見せた。

幕府との交渉においては通訳の立場を越え、ハリスの手足となって補佐する秘書であり、優秀な〝外交官〟でもあった。

そのヒュースケンが、この十二月五日の寒い夜更け、麻布の古川《ふるかわ》にかかる中ノ橋近くで、何者かに襲われたのである。

この夜、芝増上寺裏の赤羽《あかばね》応接所で、宿泊中のプロシャ使節オイレンブルクを囲む晩餐会があった。ヒュースケンはプロシャ通詞もつとめていたから、ほとんど毎日ここで夕食を取っていた。

アメリカ公使ハリスと館員たちも同席していたが、会がお開きとなり、皆がトランプなどに興じ始めると、ヒュースケンはいつものように一人だけ先に帰った。

公使らは夜が更けてから皆でまとまって、公使館のある麻布善福寺《ぜんぷくじ》まで、多くの供回りに囲まれて騎馬で帰る。

だがヒュースケンだけは、小人数の護衛で、一人で帰るのが通例だった。かれは日本滞在が長く、いつも一人で気ままに行動していて何ごとも無かったのだ。

この国を愛して日本人に溶け込み、民の心や風俗にも通じていたから、そんな自分に理不尽な災難がふりかかるなどとは予想もしなかったらしい。

しかしながらこの時期の江戸は、これまでに例がないほど騒然としていた。

異人排斥を唱える尊攘派が跋扈《ばっこ》し、あちこちで破壊活動をくり広げていた。〝水戸ローニン〟の凶暴さは外国人の間に轟いており、ひどく恐れられていたのである。

この事件が起こる一月《ひとつき》前にも、恐ろしい情報が巷《ちまた》に流れていた。

ローニンの集団が総決起して横濱の外国人居留地を焼き打ちし、さらに江戸にある各国公使館を襲って、公使や館員たちの皆殺しを策謀していると……。

しかるにヒュースケンはそんな危険も知らぬげに、少数の護衛で恐れげもなく夜の町を徘徊《はいかい》しているのだ。

それでなくても神経を尖《とが》らせている幕府は、その不用心さをひどく危ぶんでいた。ついに見過ごせなくなった外国奉行の一人堀織部正《ほりおりべのしょう》が、注意を喚起した。

「今の江戸は不穏だから、お一人での夜の外出はお控え願いたい」

と手紙で書き送ったのである。

ところがヒュースケンは、忠告に耳を傾けるどころか、

「どうかお構いなく。私は日本をよく知っているつもりだし、今まで勝手にやってきて何ごとも無かった。今後も自分の流儀を通すつもりだから、好きにやらせてほしい」

というささか傲慢《ごうまん》に過ぎる返事を送って、堀織部正を怒らせたという。

かれは乗馬が得意で、日頃からよく御城の回りをさっそうと疾駆《しっく》し、その勇姿を日本人に見せつけていた。もしも暴漢に襲われたら銃をぶっ放し、得意の馬を飛ばして逃げればいい、と考えていたのかもしれない。

虎視眈々《こしたんたん》たる敵は、そんな油断を見逃さなかった。

冷たく晴れ上がったその夜ふけ、ヒュースケンはいつものようにワインでほろ酔いだったが、警固の役人三騎、提灯持ちの徒歩が四人、馬丁二人を従えて、接待所を出発した。

一の橋に向かう川沿いの道は、大名屋敷の塀が続いて淋しく暗く、対岸の武家屋敷の灯りが、暗い川を仄かに照らしていた。

徒歩の提灯を先頭に、ヒュースケン一行が中ノ橋近くの麻布薪河岸《まきがし》にさしかかったのが五つ半（九時）。

不意に、道の両側に溜まった深い闇が揺れ、突然バラバラと狼藉者《ろうぜきもの》が飛び出してきた。

馬上の異人は立派な外套を着込み堂々としていたから、夜目にもそれと分かった。黒ずくめの刺客《しかく》は七人。白刃を闇にきらめかせ一斉に襲いかかったのである。

いずれも相当の剣の遣い手だった。

狙いすました最初の一太刀が、異人の腰に振り下ろされた。間髪入《かんはつい》れずに二太刀めが、反対側から脇腹を逆袈裟に斬り上げた。

ヒュースケンは懐に手を入れたものの、短銃を抜く暇もなく、悲鳴を上げて馬の脇腹を蹴った。

走りだした馬にしがみつき、はみだした腸を引きずったまま二町ほど進んで、ついに落馬した。

護衛らはすでに逃げ散っていたし、手応えあったと見た七名も暗夜に消えた。

血溜まりの中でかれは、自分を守ってくれるはずの従僕の名を何度も呼び、叫びながら、しばらく血溜まりの中で孤独にのたうち回ったようだ。

いったん逃げた役人らがようやく戻ってきて、血みどろのヒュースケンを戸板に乗せ、善福寺まで担ぎ込んだ。駆けつけてきた医師によってすぐ手術をしたが、下腹部に受けた刀傷が深く、出血もひどくて手のほどこしようがなかった。

だが意識はしっかりしていて、

「自分は助かるのか」

などと問うたりもした。

手術後、ワインを所望して何口か啜り、やがて目を瞑った。それからしばらく痛みもない安らかな眠りの中にあり、丑三《うしみ》つ時《どき》、静かに息を引き取った。この異国の地で、二十九の誕生日を目前にその生涯を閉じたのである。

訃報を聞いて真っ先に駆けつけたのは、この年の初め遣米使節の一人として太平洋

を渡った外国奉行小栗豊後守《おぐりぶんごのかみ》だった。かれはまだ温もりのある無惨な遺体を見て、その死を悼《いた》み、

「この下手人は必ず捕えて処罰する」

と言明したという。

ヒュースケン暗殺の波紋は大きかった。

各国公使らは、外交官の命を守れなかった幕府に強く抗議した。江戸にあったプロシャ、イギリス、オランダ、フランス、アメリカの公使館の中で、英、仏、蘭の三国は、危険を予想して横濱の居留地に移ることになった。

もとより幕府は懸命の捜索を開始していたし、公使ハリスは情報提供者に二百五十両の賞金をかけた。

だが、これといった情報が入ったふしは未だにない。

三

皆が首を長くして待っていた当の鉄太郎は、その日の午後にひょっこり現れた。

いつもは講武所の勤めを終え、夕方近くに来るのに、この日はだいぶ早かった。袷《えり》

の小袖に、つんつるてんに見える羽織とくたびれたツギハギだらけの袴だが、今日は首の回りに黒い〝襟巻き〟を巻いている。

「冷えるねえ」

などと言いながら入って来たが、その表情はひどく険しく見えた。

ちょうど三人のお客が帰ったばかりで、そばの空いた酒樽にどっしり腰を据える。

「今日は早いお着きで……」

と徳蔵がそれとなく探った。

「ああ、いつもこんな時間から呑みてえもんよ」

とかれは頷き、太い人差し指を一本立ててみせる。これは熱燗ではなく、二合徳利一本という意味だった。

「へえ、一本……」

と徳蔵は言い、思わず一言つけ加えた。

「旦那、大丈夫でしたか」

「ん……？」

ハッとしたようにかれは目を上げて、息詰まるような空気を瞬時に読んだのだろう。

ふと表情を和らげた。

「何の話だ。おれはこのとおり五体健全、何の変わりもねえよ」

と両手を広げて振ってみせる。その指は竹刀を握り過ぎてか胼胝《たこ》だらけで、ごつごつしていた。

「でもおじさん」

とお菜が進み出て固い声で言った。

「昨日は、お屋敷の近くにお役人みたい人が張り込んでいました。あたし、偶然見ちゃったの」

「え、うちの近くに？」

一瞬かれの顔は曇った。何ごとかが、かれの脳裏を駆け巡ったようだが、すぐに頷いてみせた。

「そうか、異人斬りがあったのを、菜坊は知ってるんだね」

そしてこう説明した。

現場は江戸のど真ん中であり、相手はアメリカの要人だから、外国人の間で大問題になっている。幕府もまた、面子《メンツ》にかけても首謀者を上げなくちゃならんから大騒ぎになり、片端から怪しい連中を調べている。

「……というわけで、目をつけられていた尊攘派の多くが、張り込みを受けたんだと思う。しかしおれについては、何かの手違いだろう。おれはそんな大物じゃないしね」

「…………」

「おいおい、菜坊、そんな真剣な目で見るなって。おれは無関係だよ」

「ほんとう？」

お菜の目から涙が溢れた。

「もしかして疑ってたとしたら、そりゃないぜ。もう知ってるだろう、おれは人斬りはしないって。それに五日はたまたま横濱におったからね」

「……横濱？」

と今度は、固唾《かたず》をのんで聞いていた徳蔵が声を上げた。

鉄太郎によれば、神奈川奉行所ではイギリス式軍隊が整備されつつあることや、いま流行《はやり》の〝講武所ふう〟にあやかる風潮もあってか、奉行所の剣術道場が軟弱になっていた。

それを嘆いた指南頭《しなんがしら》が、講武所でも勇名の高い〝鬼鉄〟に模範稽古を見せてほしい、と横濱戸部《とべ》にある道場に招いたというのだ。

かれは講武所の了解を得て、五日の公務を終えてから横濱に赴き、翌日は一日中稽古をつけて、今朝暗いうちに横濱を発ち、講武所の朝稽古に間に合ったという。

「事件を知ったのは、稽古を終えた今日の昼だよ」

お菜は父親と顔を見合わせ、表情を和らげた。

「これで安心してくれたかな」

とかれは二人の顔を見て笑った。

しかし鉄太郎は、すべてを語ったわけではない。二人には言わなかったことが二つあった。

一つは、講武所で朋輩から事件を聞かされた時、

「あいつら、ついにやったな」

と思ったことである。

その刺客が誰か、見当がついていたのだ。

実行したのは間違いなく、〝虎尾の会〟に名を連ねる薩摩藩士数名だろう。その首謀者は気の荒い薩摩者の中でも暴れ者の、伊牟田尚平《いむたしょうへい》。そして黒幕は、おそらく清河八郎に違いない。

かれらが前々から異人斬りを企んでいたのを、鉄太郎は知っていた。虎尾の会の成立前から調べを進めていたようで、お玉が池の土蔵座敷に行くと、よくその打ち合わ

せの席に出くわしたものだ。

幕臣の鉄太郎にはその全貌は教えず、秘密裏にことを進めながらも、指示は清河に仰いでいたようである。

標的はどうやらプロシャ使節のオイレンブルクらしかったが、警備が固くてなかなか狙えないとこぼしていた。土壇場《どたんば》で、隙のあるヒュースケンに変えたらしい。

そして二つめは——。

事件を聞いたとたん、もう一つ分かったことがあった。

この模範稽古を計画したのは道場の指南頭だが、鉄太郎を推奨したのは清河八郎だったのである。

「山岡殿を選んだのは、清河の薦《すす》めですよ」

と指南頭が明かしたのだ。

かれは千葉道場での清河の親しい先輩であり、模範稽古についてこの後輩に相談したところ、ただちに〝鬼鉄〟を推奨したという。五日という日取りについても、その日なら鉄太郎も都合がいいはずだから、と初めから指定したという。

つまり清河は伊牟田の攘夷決行の日を知っており、幕臣山岡に疑いがかからぬよう、その日は江戸から追い出したのだ。何くわぬ顔でそのように計らうあたり、いかにも策士と言われる清河らしかった。

そしてヒュースケン暗殺は〝大成功〟だった。

大きな打撃を受けた各国の公使館は、すでに横濱への避難を決めていたし、事件は市中でも持ち切りだった。

鉄太郎はすぐにも清河邸に駆けつけ、祝いを述べるべきかもしれなかったが、到底そんな気にはなれなかった。

(まずいことをしてくれた)

とかれは思っていた。

このような異人斬りは、多くの不幸を招くだけで、日本の世直しに繋がるとはとても思えない。まして西欧の先進諸国が、これで日本から退くはずがあろうか。それほど、この国を巡る国際情勢は甘くないのだ。

清河には恩義もあるから会って話したかったが、周囲が少し落ち着いてからにしようと思う。

「では山岡さんは一体何をしたいのだ。尊王攘夷を唱えながら、決行となるといつも黙ってしまうじゃないか」

清河から、何度そう詰め寄られたか知れないが、かれ自身にもその答えは分からない。責められれば沈黙するしかなかった。

幕府が腐っているのは承知しているが、幕臣として、忠孝の道を捨てかねるのだ。

そんな思いは脱藩浪人や、草莽《そうもう》の士には分かるまい。

今は清河にも虎尾の会の誰にも会うまい……。そう思う時は、あじさい亭に足を向けるに限るのだ。

「旦那、山岡様……」

徳蔵の声に、かれはそんな深い物思いから覚めた。

「追い出すわけじゃねえですが、まだ明るいうちにお屋敷にお帰りくだせえ。心配していなさるから」

「ああ、そうだな」

かれは頷いて、最後の一杯をあおった。

「よし、じゃァ、猫を探しがてら帰ろうか。どの辺りだって？」

と襟巻きを巻きながら、猫を見かけた場所を尋ねる。かれは動物を可愛がったから、トラもよくなついていた。

「ついでに、まだ張り込んでるやつがいたら、山岡だがおれに何か用か、と言ってやろう。驚くだろうな、ははは」

などと言い、呵々大笑《かかたいしよう》しながら帰って行った。

四

「お寒……」

とまるでお客が居なくなるのを見すましたように、隣のお六が両袖に手を隠し、震えながら現れた。

化粧は昨日ほど濃くはないが、今日も顔に真っ白に白粉《おしろい》をはたき、目には目張りをいれ、瞼には薄く、唇には濃く小町紅《こまちべに》をさしている。着物は昨日のものだ。

「徳さん、今夜はあったかいお惣菜を見つくろっておくれ。いえ、今でなくてさ、亭主が帰ったらね」

お六はいったん酒樽に腰を下ろしたが、入れ込みに炭火のあかあかと熾《おこ》った手焙《てあぶ》りがあるのを見て取って、もったいない……とそちらに席を移した。

「それとあたしに熱いのを一杯……」

手焙りに手をかざして両手を揉みながら、ほっとしたように言う。

「おや、出かけるんじゃなかったのかい」

と徳蔵が意外そうに言う。

「あら、どうして？」

「めかしこんで、えらく綺麗だからさ」

「ふふ……むっつり徳さんが、お世辞がうまくなったねえ。でも化粧したら出かけなきゃならんかえ」

「いや、そういう訳じゃねえが、ははは。これで夫婦が元の鞘《さや》に納まるんなら、こんな結構なこたァねえ」

「そう思う？」

にやにや笑って、お六が問う。

「いや、そう膝詰めされても困るがね。わしは隣に住んでるだけで、あんたのこたァ何も知らねえんだから」

徳蔵がお六について知っているのは、三十次がたまに口にする断片だけである。

実家は本所《ほんじょ》の荒物屋だったが父親の不慮の死で店を閉めたこと、店を売った金で母親が駄菓子屋を始めたが失敗したこと……。

高利貸しの借金が返せずお六が売られそうになった時、知り合いの三十次が金を都合してお六を嫁にしたこと……、その時お六は十三歳だったこと……。

「まあ、しかし、あんたの亭主は真面目で、いい男だよ。女房がいなくなっても遊びにも行かなかった。ただ、猫を飼ったね。つい何日か前、その猫がいなくなったんだが、えらい剣幕《けんまく》で探してたよ。あんたが居なくなった時も、たぶんあんなふうに探したんじゃねえのかい」

「ふふん……」

お六は鼻先で笑った。

「で、その猫はどうしたの、見かけないけど」

「まだ見つからないんだよ」

そこへ二人連れの職人ふうの男が入って来てお六に目を止め、目を丸くした。

「へえ、あじさい亭にもこんな徒《あだ》な姐さんが来るのかよ」

「一杯、奢らしてもらいてえが……」

などと口々に話しかけたが、お六は歯牙《しが》にもかけないふうにプイと横を向き、一言も口もきかずに呑んでいる。

二人は引っ込みがつかなくなってか、きっちり二杯ずつ呑むとそそくさ出て行った。

その後にカラリと戸が開いて、常連の老人が顔を出したが、正面奥のお六の姿を見るやピシャリと戸を閉めてしまった。

「徳さん、もう一杯おくれ」

「お六さん、酒強くなったんじゃねえか。以前からそんなに呑んだかね？」

「何か文句あるかい。あたしゃ呑みたいんだ。金は払うから、好きなだけ呑ましておくれな」

「いやいや、幾らでも呑んでほしいさ。ただお前さんみてえ別嬪がここにいると、客が驚いて帰っちまう。酒は持って帰って、後で亭主としっぽり呑んだらどうだね」

「ふふん、亭主と呑むなんて、酒のうちに入るかい」

「………」

何を言っても鼻先で笑うお六を、お菜ははらはらしながら見守り、肝を潰していた。

徳蔵とお六は、互いの冗談をもて余しているように見えた。

いつからこんなにふうになったのだったか。以前はもっと気さくで、気立てのいい女だと感じていたのは、まだ自分が幼かったからだろうかとも思う。

今のお六は、どこかしら心ここにないような、宙に浮いたような感じがあった。

何となく気まずい沈黙になり、お菜が裏に引っ込もうとした。

その時、カラリと表戸が開いて、ヒューと冷たい風が吹き込んで来たのである。

暖簾を潜って入ってきた客を見て、徳蔵が驚きの声を上げた。

「や、旦那……」

そこに立っていたのは、先ほど出て行ったあの鉄太郎だった。

「残念ながら見張りは居なかったが、こいつは見つけたよ」

と腹に手を当てた。


「あら、まあ、おじさん……！」

お菜が顔一杯で笑って、そばに駆け寄った。

それでなくても図体が大きいのに、その懐がさらに大きく膨れていて、そこからあの雉子虎猫が顔を出している。

それが何とも滑稽な光景で、お菜は笑い転げた。

「有り難うございます。でも凄いねえおじさん、どうやって捕まえたんですか、猫はどこにいたの？」

お菜は大はしゃぎで質問攻めだった。

だが鉄太郎は笑ったまま猫を押し付けるなり、何も答えずに出て行こうとする。

両手で抱き止めた猫は、懐のぬくもりを吸って暖かい。その柔らかい毛皮に頬ずりして、お菜は素早く徳蔵の顔を見た。

（おじさんは、お六さんを気にしてるみたい）

と目で伝えたのだ。

「旦那、いま出たら雨になりますよ」

と徳蔵は急いで、背後から声をかけた。

「傘はお貸ししますでな、一杯呑んであったまって行きなせえ」

「おや、さっきは、早く帰れと言っただろうが。まあ、雨になる前に帰るよ」

と鉄太郎は足を止めない。

しかし実のところかれは、先ほどここを出た時、猫より先にまず自宅に足を向けていたのである。一刻も早くお英を安心させたかったのだ。

ところが家に、あの幕臣で鷹匠の松岡萬が待っていた。かれは鉄太郎の顔を見るなり太い眉を吊り上げ、

「やられましたね、鉄さん」

といかにも悔しげに言った。

松岡もヒュースケンの刺客の見当をつけ、薩摩の連中に出し抜かれたことを怒っていた。辻斬りまでした血の気の多い男で、二言《ふたこと》めには〝異人暗殺〟を口にしていたのである。

しかしそうしたことが、鉄太郎はいささか鬱陶《うっとう》しかった。今はその話はしたくない。そう思ったとたん、急にお菜に約束した猫探しを思い出した。それを口実に、しばし松岡から逃れたかったのかもしれない。

「ちょっと待ってくれ、酒を買ってくる」

と言い残して、またすぐ家を飛び出した。

言われた所で猫を探したが見つからず、そのまま坂を下って、時雨橋まで来た時、草むらに動くものがあった。

猫は、飼い主の家のすぐ近くにいたのである。


「旦那……実はこのトラは、このお六さんとこの飼い猫でね。一言、猫の御礼を言いたいと……」

と徳蔵が重ねて言った。

「え……？」

鉄太郎は意外そうに振り返った。店の隅にいた女は目のどこかに引っかかっていたが、それはそれで何となく厄介な気がしていた。たぶん本能的なものだろう。

お六は慌てたように立ち上がって、丁寧にお辞儀をした。

「隣の三十次の女房で、お六と申します」

「お六さん、このお方は……」

と徳蔵が紹介をし始めたとたん、猫はお菜の腕の中でもがきだし、飛び降りて食べ物の匂いのする奥に駆け込んで行った。

（お腹がすいてるんだ）

と気がついてお菜は台所まで追いかけて捕まえ、煮干しと水の皿を持って、猫を隣家の玄関土間に放り込んだ。案の定、猫が皿に首を突っ込んでいるのを見届け、急いで戻ってきた。

その時はお六は元の手焙りのそばに座り、

「徳さん、こちらのお侍さんに、あたしから一杯差し上げておくれ。猫のお礼をしなくちゃ、後で亭主に叱られますから」

などと愛想を振りまいている。

もともと家に帰りたくない鉄太郎は、あっさり引き止めに応じて、少し離れた酒樽に座っていた。

気難しげに見えるお六も、どうやらこの寡黙な大男が気に入ったらしい。三十次の猫好きぶりを、まるでずっと仲良く暮らし続けている夫婦のように喋った。

だが鉄太郎の方は、ただ笑って頷きながら、黙々と酒を重ねるばかりだ。一方がむっつり押し黙っていれば、会話はすぐに途切れてしまう。徳蔵もそれ以上は何も喋らない。

凩にガタガタと、しきりに戸が鳴った。

屈託のある時の癖で、鉄太郎はほとんど無意識に箸を両手に持ち、右と左で一人試合を始める。お六は何かしら物思わしげな様子でそれを眺めつつ、手酌で静かに呑んでいた。

五

そんな時、カラカラと表戸が開いた。

冷たい凩と共に入ってきたのは、薪炭《しんたん》問屋の手代でこの長屋に住む粂八《くめはち》と、米問屋の倅の新吉《しんきち》で、二人とも夕方近くなるといつも姿を見せる常連だった。

鉄太郎とはとうに顔馴染みだったから、顔が合えば互いに軽く会釈し合う。

二人はやはりお六が気になるのか、そちらにチラチラ視線を走らせつつ、酒樽に板を渡した三人掛けの長椅子に落ち着いた。

この長椅子は、徳蔵が立っている幅広の盛り台に向き合っていて、店主と話したい客はここに座る。

他に、二つの卓が店の真ん中にあって、それぞれに椅子がわりの酒樽が二つずつ置かれている。その一つに鉄太郎が座っていた。

二人は初め、徳蔵相手に軽い世間話をしていた。

「……近頃はどうも世の中、騒がしくていけねえな。いや、棺桶屋の竹《たけ》さんから聞いたんだが、刃傷沙汰《にんじょうざた》で死ぬやつが多いらしく、注文が間に合わないんだってさ」

と言ったのは年かさの条八で、三十前後だろう。冷たい外気から暖かい店内に入ったばかりで、頰を真っ赤に火照《ほて》らせている。

「間に合わなきゃどうすんだね」

二つ三つ下に見える、痩せて青い顔した新吉が訊いた。

「ま、何とかするんだろう。助っ人頼んだり、他所《よそ》から回してもらったり……」

「そりゃそうだろうが。しかし、妙なこと訊くようだが、異人なんかの場合は、棺桶どうすんのかねえ。異人だって最後は棺桶にへえるんだろう？　実はおいら、異人はまだ見たことねえんだが」

「言うにこと欠いて、何も棺桶の心配するこたぁなかろうが。そりゃ頭《ず》抜け大一番《おおいちばん》だろうよ」

と徳蔵が笑った。〝頭抜け大一番〟とは、特大の早桶（棺桶）である。

「わしなんかの倍は必要だろうさ。ただ棺桶は、異人専門の店に特注するんじゃねえの」

「そういや、異人向けの商売って、最近は大変だって……。ちょっと一服させてもらうよ」

と粂八が思い出したように言い、徳蔵から火をもらって煙管を吸いつける。

「近頃のローニンたちは、異人ばかりか、その周囲で世話焼いてる日本人まで襲撃するそうだよ。大勢いるよな、異人で稼いでるやつは。仲買人、女衒《ぜげん》……」

言ってふうっと煙を吐き出す。

「今年の初めだったか、誰か殺《や》られたね……」

と徳蔵が言った。

「ああ、和人のくせにいつも洋装だった西洋かぶれの男。うん、伝吉《でんきち》とかいうイギリス公使の通詞だ」

「そうそう……」

と二人は頷き合った。

今年の一月、水戸浪士に襲撃されたのは、小林《こばやし》伝吉なるオールコック公使の通詞である。かれはいつも洋装に身を固めていたことで、けっこう目立ち、狙われたのだろう。

「徳さん、仮にこの店に異人が呑みに来たらどうするね?」

「わしならちゃんと酒を出すさ。金さえ払えば客は客だ」

「そりゃ困る、おれは亥狄と並んで酒は呑まんよ」

条八が顔を火照らせて食ってかかると、新吉が同調した。

「そうそう、ここに亥狄が来るようになったら、徳さんもローニンに狙われるぜ」

「そういや最近、麻布の方でも、アメリカ人が斬られたねえ」

酒が入って調子が乗ってきた条八が、煙を吐き出しながら思い出したように言った。

「ああ、何てったっけな、ヒュー……ヒュー……」

と新吉が首を傾げる。

「木枯らしじゃあるめえし」

と徳蔵が、天気を案じるように外に目を走らせて言った。

「ヒュースケンだろ」

「そうそう、そんな名だった。江戸の異人は皆、大名行列みたいに供回りを連れて出かけるそうだが、そのヒュースケンてやつだけは、夜中でもろくな護衛もなしに出歩いたそうだよ」

「飛んで火に入る夏の虫だな」

「攘夷ローニンってのは、恐ろしく剣の腕が立つからねえ。馬上にいたところを、道の両側から斬りつけたそうだ。腰をメタメタにやられて、腸が飛び出ちまったらしい」

「ふーん。見て来たようだな」

二人はいつになく饒舌《じょうぜつ》だったが、隅にいるお六を意識してかさすがにしばし口を噤《つぐ》んだ。

「しかしそのヒュースケン、銃は持ってたんだろう」

「抜く暇もなかったんだねえ」

その時ちょうど、また表戸が開いた。

「ふうっ、嫌な天気だ、風の上に雨まで降ってきやがって……」

と呪《のろ》わしげに言いながら転がり込んできたのは、呉服屋の手代久助《きゅうすけ》だった。強い風に、雨が店の中まで吹き込んでくる。

「ああ、やっぱり雨になったかね」

と徳蔵はまた外の方へ目を走らせた。

久助は雨の雫《しずく》を払い、お菜の差し出した手拭いで頭や顔を拭くと、三人掛けの椅子に座っている顔見知りの二人を詰めさせ、自分はその端に腰を下した。

「徳さん、燗徳利一本たのむよ。ええと、ヒュースケンの話かね」

とすぐに話に割り込んだ。

「……ヒュースケンがどうしたって？」

久助は反物担いであちこちの店や家に上がり込み、巧みに座談をしながら注文取るのが商売だ。おまけに遊び人だったから、世間の下世話な噂に通じていた。

「おや、久さん、何か知ってんのかい？」

と新吉が好奇心むきだしで問いかける。

「うん、そいつについちゃ一つ話がある。乗馬が好きだったそうで、若えくせに、〝十二万八千文〟だかの、えらく上等なアラブ馬に乗ってたそうだよ」

「十二万八千文て、幾らだ」

と二人は目を丸くした。

ヒュースケンは下田《しもだ》の領事館にいた時、そんな高価なサラブレッドを買い求め、馬掛かりの下男まで雇って、あの辺りの野山を駆け巡ったというのである。

「ハリスに従って江戸に来てからも、真っ昼間からお濠の回りを馬で飛ばし、そこら辺の日本人を蹴散らかしてたそうだ。いや実際、蹴られそうになった人もいるそうだからね」

「それじゃ、反感買っても不思議はねえな」

条八が煙を吐きだしながら、しきりに頷いている。

「あ、そうそう、粂さんが好きそうな話がある」

と久助が、女客の気を引くようにわざと声をひそめた。

「ヒュースケンは女たらしだった。それも名うてのね。お調子者だから、女に取り入るのが上手《うま》かったんだ」

「そんなやつ、斬られて当然だ」

と条八が言った。

六

お菜は裏の流し場に引っ込んで、耳をすましながらも、せっせと汚れた食器を洗っていた。

冬の初めは水が冷たく、霜焼けやアカギレが出来て指が痛んだ。

客に出すのは大皿一枚に湯呑一つで、多くの小皿類は使わないし、水仕事の後は、必ず貝殻に入った唐人膏《とうじんこう》を塗り込んだ。

それでもアカギレが出来、皿洗いがつらかった。

だが近くで店に帰ってくる豆腐屋の声が聞こえたから、もう少しで店仕舞いの時間である。

洗い終わると、お菜は店の様子を窺った。

薬缶《やかん》に煮えたぎる湯で番茶を入れ、熱いところを湯呑に注いで出すと、客たちは帰る支度を始めてくれる。

しかし今日は、酒がいい具合に回った三人は、すっかり盛り上がっている。一体どこで聞き込んできたものか、久助はヒュースケンの女問題にやたら詳しかった。

おまけにあの粂八ときたら、同じ長屋の住人なのに、店の奥で呑んでいる女の正体に気がついていない。そのくせしきりに気にしているのだった。

ちなみにヒュースケンに関係した女性は、侍妾として仕えた女だけで下田領事館の頃に三人いたという。

下田を閉鎖して江戸に移り、アメリカ公使館が置かれた麻布善福寺に入ってからは、つるという侍妾を囲って一緒に暮らし、子どももいたという。

一方で他の日本女性にも色目を使い、ラシャメンと呼ばれる異人相手の娼婦を含め、多くの女性と付き合ったらしい。

「日本《ここ》をどこだと思ってたんだ！」

と久助が冗談めかして憤然と卓を叩くと、粂八が煙管をはたきながら言った。

「決まってるさ。この国はやつらにとっちゃ植民地だ。そんな亥狄をやり玉に上げたローニンは、さすがだよ。日本の誇りだ。ヒュースケンは殺されるべくして殺されたんだ」

「そうだ、ありゃ自業自得ってもんさ、一寸たりとも同情の余地はねえよ」

その時、ざわついた中に、癇走《かんばし》った女の声が響いた。

「ヘンリーさんはそんな人じゃないよ！」

その声はそう聞こえた。

お菜は急いで勝手口の方に走って、そっと店を覗いてみる。

それまで賑やかだった店はシンと静まって、皆驚いたように一斉にお六の方を振り返っていた。

お六は目張りを入れた目を大きく見開き、小町紅をさした唇をきゅっとつぼめて、皆を睨みつけるように見ている。

その目は酒の酔いで濡れたように潤んでおり、薄暗い灯りの中で妖艶に見えた。

「その、へん……辺里《へんり》さんて誰のことで……？」

条八がおそるおそる問うた。

お六はそれには答えず、

「ヘンリーさんは、ローニンなんて野蛮なやつらより、よほど上等なお方だったよ。明るくて、ざっくばらんでね、たぶんあんたらより、ずっと面白い人だったね」

言い放つと湯呑の残りを一気にあおって、馴れた手つきで徳利を振ってみせる。

「徳さん、もう一本つけておくれ」

「お六さん、もうお止しな、呑み過ぎだ」

「あっ、あんた、やっぱりお六さんか？　えらく別嬪なんで、よく似た別人かと……」

条八が乗り出したが、お六は無視して言った。

「徳さん、もう一本くらいいいだろ」

「お六さん、その辺里さんだが……」

と粂八がまたちょっかいを出しかかったが、久助がお六に向かって言った。

「ヒュースケンのことだね。あんた、知ってんのかい？」

「聞いた話だよ。ヘンリーさんは有名だったたから」

「たしかに、はた迷惑なやつだった……」

「だからって、あんたらが、鬼の首とったみたいに言う筋合いじゃない。あの人は、日本人を信じてた。日本人が好きだから、恐れなかったんだよ」

「日本人は、根っから異人が嫌いだよ」

「そうさ、ヘンリーさんが愛するような日本人なんて、どこにもいやァしない。もっと嫌ってりゃ、死ぬこともなかったのに。日本の風景も好いていたし、富士山の気高い姿が大好きだった」

とお六は話し続ける。

お菜はお盆に熱い徳利を載せ、下を向いたままの鉄太郎のそばを通り抜け、お六の前に運んで行った。

「……姐さん、失礼なことを訊くようだが」

ふと久助は首を傾げて訊いた。

「あんた、芝浦《しばうら》にいなすったんじゃねえか」

その時たまたまそばにいたお菜は、お六がハッとしたように微かに身を震わせたのを、見逃さなかった。

だがお六は動じるふうは見せず、逆に挑むように言った。

「芝浦にいたらどうなんだい。あたしゃ、兄さんに見覚えはないけど」

「それはお互いさまだが、実はあっしは呉服屋の手代でね、今も芝浦には商いに行くんだよ」

とかれはお六の方に体を捩《ねじ》って言う。

本店は新橋にあり、久助は丁稚の頃から反物担いで番頭のお供をし、江戸の町を歩き回ったという。そのかいあって今は手代に取り立てられ、小石川の支店で商いをしている。

ところが今年の春頃から、芝浦に掛け茶屋が建ち始めた。

品川沖に軍艦や外国船が碇泊するようになったため、芝浦は多くの見物客で賑わいだしたのだ。また外国船の乗組員らは、芝浦にある仮桟橋から上陸するため、界隈には船の見物人に混じって金髪の船員が溢れていた。

そうした人々を当て込んで、桟橋付近には掛け茶屋が、十軒近くも建ち並んだのである。

いずれもよしず張りの粗末な仮設小屋だが、どの店にも若い娘を数人置いていて、みな愛嬌を振りまいて接客にあたった。

茶屋で出すのは、酒、茶、すし、おでん、煮物……などありふれたものばかりだが、この娘達のおかげもあって、どの店も大いに繁盛していた。

「どの茶屋にも綺麗な娘がいるんで、金髪が群がる。またその金髪目当てに、姐さん達が増えるんだよね」

と呉服屋久助はさらに言う。

かれの勤める店は、その別嬪でお洒落《しやれ》好きの娘たちに目をつけたのだ。ここは口八丁の若い久助が乗り込んで、注文を取って来い、と主人からじきじきに命じられたという。

「そこで掛け合ったのは『万清《まんせい》』でね、あっしはこの店に通って商いをしたんですよ」

万清は、芝浦の茶屋の中で最も規模が大きく、いつも外人客で溢れる大繁盛の店だった。

「ヒュースケンはこの店に、三日に上げず来てたんでさ」

「あれ、何だ、おたく、ヒュースケンを見てるのかい？　そういうことは早く言いなさいよ」

と条八が意外そうに咎めた。

「いや、話したことはねえんでね。ただ見かけたことなら何度もある。どうやらお目当ての娘が万清にいたらしくて、颯爽《さっそう》と馬でやって来るんだ」

「そのお目当てがこちらのお六さんで……？」

「いやいや、この姐さんは万清にはいなさらなかった。お話からして、ヒュースケンとずいぶん親しかったようなんで、もしかしたらと思ったが……。しかしあの辺の茶屋には、ラシャメンがいっぱいいたからねえ」

その一言に、店内は凍りついたように静まった。

七

（お六さんはラシャメンだったの？）

何だかドキドキした。

ラシャメンという言葉は、客がよく使っているのでお菜はいつの間にか覚えていたが、まだ本物を見たことがない。

「そうかい、万清に来てたのかい、道理でやたら詳しいと思った」

とお六は負けずに言い返す。

「ヘンリーさんにお子がいたことまで知っていなさるなんて、ラシャメンに食らいついて商売してるお方でなけりゃ、なかなか摑めることじゃないからね」

「…………」

「もしかして兄さん、あのお妾のおつるさんとこまで出張《でば》って、商売してたんじゃないのかい」

「へへ、おつるさんは何だかんだ言っても、ヒュースケンの現地妻《おくさん》だからねえ。子を生むのも許されたほど、信用があったさ。船乗り相手のそこらの国辱者たァ、ちとわけが違う」

久助はにやにやして言った。

「ほほほ……ラシャメンにも、恥知らずとそうでないのがあるってわけかい」

お六は鼻先で笑ったが、目がつり上がっていた。

「まあ、どうでもいいけど、あんたにゃガタガタ言われたくないねえ。そりゃ、立派な商売とは思わないけどさ、あんたらよりマシだろうよ。呉服屋なんかに行ったこともない、古着屋専門の娘たちに高く吹っかけて、着物を新調させてんだろ。あげくに万清の給金から天引きしてるそうじゃないか」

「馬鹿も休み休み言いなって。あそこの女が着物なんか新調するもんかね」

「じゃ、何しに芝浦くんだりまで行ってたんだよ？」

「見物客の、若いおかみさん連中が相手だよ」

「ふん、あたしゃ騙されないよ。それどころか兄さん、女衒してたんじゃないの、純情な町娘たちを芝浦に連れ込んで……」

「なにィ、言わせておきゃ」

お六の悪態に久助はのぼせ上がり、思わず立ち上がろうとして、茶碗が土間に音をたてて転がり落ちた。

隣の新吉がなだめて何とか座らせる。

「お開きだ、そろそろ店仕舞ですよ」

と徳蔵が叫んだ。

「お茶でも呑んでお支度のほどを……」

だがお茶を運んで来たお菜は、お盆を持ったまま入り口で立ち尽くしている。男女の激しい言い合いに、足が竦んでしまったのだ。

気がついた徳蔵はそのお盆を手に奪い取り、自ら番茶入りの湯呑を配り始めた。近くの路地でもう、火の用心の声が聞こえている。六つが過ぎると、火を使うのは禁じられているのだ。

「お菜、お前は外の提灯をしまいなさい。さあ、お六さんも、そろそろ亭主がお帰りじゃないかね」

こんな修羅場を亭主に見られては困るだろう、と徳蔵は気遣ったのだ。だが酔ってのぼせているお六はお構いなしで、久助に視線を当てたまま、悪態が止まらない。

「お前さんなんぞ、しょせんヘンリーさんの足元にも及びやしない。爪の垢《あか》でも煎《せん》じて呑むんだねえ」

「うるせえ、この西洋淫売！」

「何だい、西洋淫売にダニみたいに食らいついてる人でなしが！」

「なら言わせてもらおうじゃねえか」

と久吉はまた立ち上がり、

「あんた、ヒュースケンの女だったんだろう。それがあんな死に方したんで、自分も殺《や》られるかと怖くなって逃げてきたんだ……どうでえ、図星じゃねえかい」

「久さん、それまでだ！」

徳蔵が両手を振って、割って入った。

「それまでにしてくだせえよ、閉店ですよ！」

久助は、粂八と新吉の二人から強引に腕を取られて、何か怒鳴りながら雨の中へと連れ出された。


ヒュースケンは日記を書き残していた。

そこには、天城峠《あまぎとうげ》から富士山を見た時、思わず馬の手綱を引き脱帽して「すばらしい富士ヤマ！」と叫んだことや、この日本の国土の豊かさ、いたる所に満ち溢れている子どもたちの愉しそうな笑い声……などを克明に記している。

日本の民は何につけ謙虚で、武士も農民もひとしなみに質朴で、また秩序立っていることにも驚嘆していた。

例えばハリスが下田から江戸へ向かう途上、一行の行列を見ようと、多くの見物人が沿道に詰めかけた。

中でも盛大だったのは、川崎から品川宿舎までの道である。そこには隙間なくぎっしりと人垣が出来、その見物人の数は百万人にも及ぶかと見えた。

だがこの大群衆が咳一つせず、口笛や野次や罵声を飛ばす者もなく、礼儀正しい沈黙のうちに静かに整然と見守ったことに、かれは驚いているのだった。
十三代将軍家定公に謁見するハリスに従い、日本の宮廷（江戸城）にも上がってい
る。その城内にはこれ見よがしのキラキラした物が一つもなく、その飾り気なさと、
迎える幕臣たちの質朴さにも感動していた。
素朴で細《こま》やかな日本人をいとおしく感じ、日本への愛が深まるにつれ、この国に西
洋文明を持ち込むことに、かれは罪悪感を覚えずにはいられなくなった。
「西洋文明は本当にお前（日本）のための文明か」
「自分たちがこの国に持ち込む進歩は、日本人にとっても進歩なのか」
とかれは繰り返し自問していたという。
「……あたしはね、何度もそれを聞いてるんだよ」
説明しながら、お六はしゃくり上げた。
ざっくばらんで、どこか剽軽者《ひょうきんもの》でもあるヒュースケンは、日記にも書いたそうし
たことを、折にふれお六にも語って聞かせ、西洋人の自分を悪者にして笑っていたと
いう。
「……驚くじゃないか。ケダモノのはずの異人さんが、この国の行く末を心配するな

んてさ」

そんなお六の述懐をじっと聞いているのは、徳蔵とお菜、そして帰りそびれた鉄太郎である。

ついに松岡をすっぽかしてしまったかれは、皆の後について帰ろうと席を立ったが、見せたい物があるから……と再びお六に引き止められたのだった。

「こんな優しい異人がいるなんて、知らなかった……、あたしゃどう言われたって構やしない、ヘンリーさんが好きなだけだよ」

と脈絡なく言っては、お六は涙を流す。

白かった顔は涙で化粧がはげ落ち、まだらになって、ひどい形相だった。

「お六さん、当分はここで静かにしてるんだね」

と徳蔵が慰めるように言った。

「ここまではローニンも追っては来ねえよ」

「おや、徳さん、お生憎《あいにく》さまだね、あたしはローニンが怖くて逃げてきたんじゃないよ」

泣きはらして潤んだ目で、お六は睨んだ。そして懐から一つの小さな包みを取り出したのである。

「ねえ、これ、何だと思う?」

それはいい匂いのする青い布にくるまれており、その布を剝がすと、小さな茶色のギヤマンが出てきた。

お六は白いしっとりした掌に小さなギヤマンを立て、おそるおそるという感じで言った。

「実はね、あの前の夜、あたしはヘンリーさんに会ったんだ」

「ちょっと待った、前の日といえば四日の夜のことかね」

徳蔵が念を押す。

「そう。なに、ちょっとお喋りしただけだけど、別れぎわにヘンリーさんはこれをあたしにくれたんだ。すごく珍しいものだから、大事にしてって言われてね」

とお六は振ってみせる。その中には何か乾いたものが入っており、振るとカサカサ音がした。

「……何だか知らないけど、言われたとおり神棚に上げておいたんだけど、その翌日にあんなことがあったでしょう……。あたし、ちょっと気味悪くて、一人で見る気になれなくてさ」

徳蔵がそれを手に取り、振ったり透かしたりしてみる。

「開けてみてもいいかね」

「…………」

皆は黙って見つめ合った。

すると鉄太郎がぎょろりとした目をむき、大きな手で横から無造作にそのギヤマンを摑んだ。しばらく匂いをかいだり、透かしたりしていたが、頷いておもむろに言った。

「このギヤマンは、アメリカ人の呑む酒の瓶だな。どうも西洋の酒の匂いがする」

「…………」

「いや、おれはワインしか呑んだことがないが、この瓶の形からして、おそらくブランデーとかいうような酒が入ってたんじゃねえかな。ただし中身は違うね」

蓋は固く閉じられていたが、グイと力まかせにその蓋をひねると、すっと開いた。瓶を傾けて中身を少し掌に取り出した。サラサラと中から溢れ出てきたのは、何と、美しい白い砂だった。

それをよく見ると、一粒ずつの砂が星形をしている。

「やあ、珍しい。これは星の形をした砂だ」

「どれどれ……」

皆が覗き込んだ。

こんなものは誰も見たことがなかった。たぶん外国で手に入れたものではないか。何かのお呪《まじな》いじゃないのか、などと口々に言っている時だった。

「お六……！」

と近くで叫ぶ男の声がした。

皆がギョッとして顔を上げると、いつの間に入って来たものか、お六の背後に男が立っている。

青ざめた顔を引きつらせた亭主の三十次だった。

「お前ってやつは……」

と何やら聞き取れぬ言葉を掠れ声で口走った。

一体どの時点から、店に入っていたのだろう。おそらくラシャメン呼ばわりされた一部始終を、すっかり聞いていたのだろう。

かれは何やら凶器を手にしており、覚悟を決めたようにお六に体当たりして行った

……いや、行こうとした。

だがそれより一瞬早く、鉄太郎の巨体が地を蹴ったのである。三十次は思い切り突き飛ばされ、卓の端にしがみついたまま卓ごと倒れていく。

「うっ……」

と呻き声がして、手から何かが音を立てて土間に転がった。出刃包丁《でばぼうちょう》だった。

それに続く女の金切り声、卓がひっくり返る鈍い音、食器が転がって砕けるけたたましい音……で店内は滅茶苦茶になった。

さらに鉄太郎の手に握られたままのギヤマンから、白い砂がこぼれ散って、土間は雪が降ったようだった。

お菜は固まってしまい、そこに突っ立ったまま目を大きく見開いている。一瞬、目前の修羅の光景が色と音を失い、白と黒の世界に見えたのである。

三十次が顔を両手でおおって畳に倒れ込み……お六は泣きながら土間にしゃがみ込んで白い砂をかき集め……徳蔵は裏に駆け込んで行き……鉄太郎はそこに突っ立ったままだった……。

はっと我に返ったのは、徳蔵が戻ってきて、熱い手拭いを顔に当ててくれた時だった。

「さあ、お菜、何も心配すんな。父っつあんがおるでな」

と温かい手拭いで顔を拭いてくれた。

ほっと安堵して父親に抱きつくと、着物に沁み込んだ総菜の匂いが鼻の奥まで入っ

て来て、涙腺を刺激する。気がつくと、まるで悪夢から覚めたようで、もう三十次と
お六の姿はなかった。

「お六さんたちは？」

「ああ、お隣に帰ったよ。二人でな……」

と囁き交わしていると、鉄太郎の声がした。

「おれも帰る……」

表戸を開けると、もう風は収まっていたが、雨がなお降り続いている。徳蔵が番傘
を出してきてさし掛けた。

鉄太郎は番傘を受け取ると、お菜の顎を軽くつまんで言った。

「菜坊、今日は勉強したな」

かれが闇の中に歩きだすと、ザーザーと雨が傘に当たる音が高く聞こえ、やがて遠
のいて行く。

その大きな後ろ姿を見送って、お菜はいつまでも立ち尽くした。

雨はなお淙々《そうそう》と降りしきる。

それはヘンリーさんの涙のように思われた。

地上に滴ったヘンリーさんの鮮血は、この雨に流されてこの異国の土になるのだろ

うか……と思うと哀れだった。

いつの間にか隣のトラが足元にいて、一緒に雨を眺めていた。

翌八日は、ヒュースケンの葬儀の日だった。

沿道に詰めかけて一部始終を見聞して、あじさい亭に駆けつけたお客の話によれば
——。

カラリと晴れ上がった雨上がりの冬空の下、ヒュースケンの棺《ひつぎ》はアメリカ国旗に包まれ、八名のオランダ水兵に担がれて、アメリカ公使館から、葬儀の行われる麻布光《こう》林寺《りんじ》へと向かった。

葬列の先頭には、小栗豊後守や、村垣淡路守《むらがきあわじのかみ》ら五人の外国奉行が立った。棺の後ろにはアメリカ公使ハリス、オランダ領事デ・ウイット、イギリス公使オールコック、プロシャ使節オイレンブルク……ら各国の大勢の外交官、さらに領事とその館員たちが粛々と続いた。

ローニンらの再度の襲撃を予想して、武装したプロシャ艦隊の士官や兵士、船員らが、棺をぎっしりと取り囲んで行進した。

棺が墓穴の中に下ろされる時は、プロシャ艦隊の軍楽隊が「イエス、わが信《まこと》」とい

う葬送曲を奏でた。そんな中、外国奉行ら日本人を含めた会葬者は、それぞれ一握りの土を穴の中に投げ入れたという。

お六の姿は今朝早くから隣家から消えたそうだが、この沿道を埋めた群衆の中にいたのかどうか……。

葬儀の翌九日、江戸は雪に覆われた。

鉄太郎はまたしばらく姿を見せなかったが、事件の多かったこの万延元年も押し迫った頃に、かれから一通の短い手紙がお菜に届けられた。

徳蔵に読んでもらうと、

「あの白い砂は〝しあわせの星の砂〟と呼ばれる珍しい南国の砂で、それを手にした者は幸福になると異国で信じられている」

と達筆で記されていた。

参考資料

この小説は史実をもとにしたフィクションですが、作品を書くにあたり、主に左記の文献を参考にさせていただきました。篤くお礼申しあげます。

『剣禅話』　山岡鉄舟（徳間書店）
『山岡鉄舟』　大森曹玄（春秋社）
『剣と禅』　大森曹玄（春秋社）
『鉄舟夫人英子談話　女士道』（国会図書館）
『小石川御家人物語』　氏家幹人（朝日新聞社）
『おれの師匠』　小倉鉄樹（島津書房）
『ヒュースケン日本日記』　ヘンリー・ヒュースケン（岩波文庫）
『天狗芸術論・猫の妙法』　佚斎樗山（講談社学術文庫）

時代小説

二見時代小説文庫

千《ち》葉《ば》道場《どうじょう》の鬼鉄《おにてつ》　時雨《しぐれ》橋《ばし》あじさい亭《てい》1

著者　森《もり》　真《ま》沙《さ》子《こ》

発行所　株式会社　二見書房
東京都千代田区三崎町二－一八－一一
電話　〇三－三五一五－二三一一［営業］
〇三－三五一五－二三一三［編集］
振替　〇〇一七〇－四－二六三九

印刷　株式会社　堀内印刷所
製本　株式会社　村上製本所

落丁・乱丁本はお取り替えいたします。
定価は、カバーに表示してあります。

ISBN978－4－576－16184－6
http://www.futami.co.jp/

箱館奉行所始末　異人館の犯罪

森 真沙子［著］

元治元年（一八六四年）、支倉幸四郎は箱館奉行所調役として五稜郭へ赴任した。異国情緒溢れる街は犯罪の巣でもあった！　幕末秘史を駆使して描く新シリーズ第1弾！

小出《こいで》大和守《やまとのかみ》の秘命　箱館奉行所始末2

森 真沙子［著］

慶応二年一月八日未明。七年の歳月をかけた日本初の洋式城塞五稜郭。その庫が炎上した。一体、誰が？　何の目的で？　調役、支倉幸四郎の密かな探索が始まった！

密命狩り　箱館奉行所始末3

森 真沙子［著］

樺太《カラフト》アイヌと蝦夷《えぞ》アイヌを結託させ戦乱発生を策すロシアの謀略情報を入手した奉行小出は、直ちに非情なる命令を発した……。著者渾身の北方のレクイエム！

幕命奉《たてまつ》らず　箱館奉行所始末4

森 真沙子［著］

「爆裂弾を用いて、箱館の町と五稜郭城を火の海にする」という重大かつ切迫した情報が、奉行の小出大和守にもたらされた…。五稜郭の盛衰に殉じた最後の侍達！

海峡炎《も》ゆ　箱館奉行所始末5

森 真沙子［著］

幕臣榎本武揚軍と新政府軍の戦いが始まり、初戦は土方歳三の采配で新政府軍は撤退したが…。知っているようで知らない〝北の戦争〟をスケール豊かに描く完結編！

日本橋物語　蜻蛉屋お瑛

森 真沙子［著］

この世には愛情だけではどうにもならぬ事がある。土一升金一升の日本橋で店を張る美人女将お瑛が遭遇する六つの謎と事件の行方……。心にしみる本格時代小説